La collection
RÉVERBÉRATION
est dirigée par

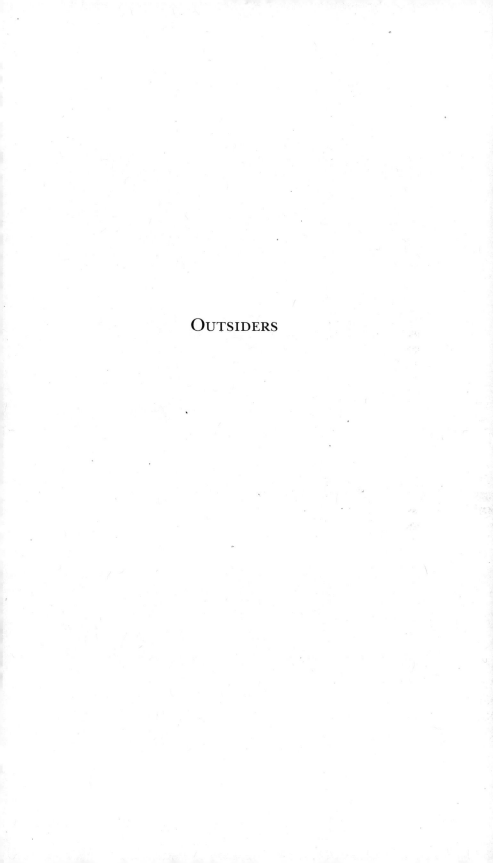

OUTSIDERS

DE LA MÊME AUTEURE

Images de notre passé, essai, Edmonton, ACCESS Alberta, 1984.
Rumeurs de la Haute Maison, roman, Montréal, Québec
   Amérique, 1987.
Visiting Elizabeth, roman bilingue, Montréal, XYZ Publishing,
   2004.

Gisèle Villeneuve

Outsiders

nouvelles

préface de Robert Lalonde

Lévesque éditeur

RÉVERBÉRATION

Catalogage avant publication
de Bibliothèque et Archives nationales du Québec et Bibliothèque et Archives Canada
Villeneuve, Gisèle
Outsiders: nouvelles
(Réverbération)
Texte en français seulement.
ISBN 978-2-924186-30-5
I. Titre. II. Collection: Réverbération.

PS8593.I415O97 2013   C843'.54   C2013-941859-8
PS9593.I415O97 2013

Lévesque éditeur remercie le Conseil des arts du Canada (CAC)
et la Société de développement des entreprises culturelles du Québec (SODEC)
de leur soutien financier.

© Lévesque éditeur et Gisèle Villeneuve, 2013

Lévesque éditeur
11860, rue Guertin
Montréal (Québec) H4J 1V6
Téléphone: 514.523.77.72
Télécopieur: 514.523.77.33
Courriel: info@levesqueediteur.com
Site Internet: www.levesqueediteur.com

Dépôt légal: 4ᵉ trimestre 2013
Bibliothèque et Archives Canada
Bibliothèque et Archives nationales du Québec
ISBN 978-2-924186-30-5 (édition papier)
ISBN 978-2-924186-31-2 (édition numérique)

Droits d'auteur et droits de reproduction
Toutes les demandes de reproduction doivent être acheminées à:
Copibec (reproduction papier) • 514.288.16.64 • 800.717.20.22
licences@copibec.qc.ca

Distribution au Canada
Dimedia inc.
539, boul. Lebeau
Saint-Laurent (Québec) H4N 1S2
Téléphone: 514.336.39.41
Télécopieur: 514.331.39.16
www.dimedia.qc.ca
general@dimedia.qc.ca

Distribution en Europe
Librairie du Québec
30, rue Gay-Lussac
75005 Paris
Téléphone: 01.43.54.49.02
Télécopieur: 01.43.54.39.15
www.librairieduquebec.fr
libraires@librairieduquebec.fr

Production: Jacques Richer
Conception graphique et mise en pages: Édiscript enr.
Photographie de la couverture: Tom Black
Photographie de l'auteure: Sébastien Guillier-Sahuqué
Site Internet de l'auteure: www.giselevilleneuve.ca

À Tom, comme toujours
et pour Christiane, l'amie de toujours

Préface

La peur, c'est une petite flamme bleue qui danse sur la pierre à côté de toi.

Qui, mieux que l'escaladeuse, connaît la peur ? Qui est mieux instruit sur le vertige que la grimpeuse de parois ? Qui est convié plus qu'elle à dompter l'effroi ? Mais la pure, l'exaltante haleine des glaciers ne met pas à l'abri des dangers à fleur de sol, de la cacophonie du réel, des pièges du jour le jour, des dégringolades que propose le monde d'en bas, cette aventure sans corde ni piolet, au ras des choses. Si la gloire est dans la ligne verticale *et* dans le silence des pierres, *le désarroi des humains cloués à la terre, ce monde* vorace et enfantin, superficiel et cruel, *vous cherche et vous trouve, plus souvent qu'à votre tour.*

Tout va bien, j'ai conquis le vertige ! *s'écrie Judith. Là-haut, seule, énergisée par* la peur exaltante des choses, *la peur désirée, voulue. Mais qu'un revenant lui fasse signe avant de sauter dans le vide et c'est, comme le sait bien la conteuse-escaladeuse,* l'impossible rappel. *Dans le réel étriqué, chacun* mime *le bonheur, sans se douter que* le bonheur, c'est beaucoup plus que d'être heureux. *Être heureux, c'est peut-être monter, s'élever, pour mieux voir. C'est, pour un certain monsieur Ducharme — bel hommage en passant à notre grand planqué —, déserter le malentendu en abandonnant sa légende au voisin facétieux qui ne se doute pas que* le personnage célèbre n'est jamais tout à fait un homme. *C'est, pour Esther, tenter d'échapper aux voix discordantes, aux* lèvres *qui ne peuvent tout dire. C'est, pour un Candide d'aujourd'hui, victime de* la maladie de la cacophonie, *recevoir, au cœur du désert, de la main d'une femme de pierre,* le fil indigo du silence. *C'est, pour Hélène, tenter d'éviter de brûler vive à la grande clarté de l'admiration. C'est, pour l'amoureuse d'un jeune chasseur assassiné, imaginer une vengeance en traversant les eaux. C'est, pour une mère affolée, espérer triompher, dans* la parfaite solitude de la montagne, *du virus de la haine que cherche à lui transmettre sa propre fille. C'est tenter de gagner, pour un couple de réfugiés salvadoriens, l'impossible oubli dans le grand pays froid. C'est, pour Marsault, menteur malgré lui, être témoin d'une nais-sance* qui lave la bête humaine superstitieuse. *C'est, pour la très vieille Maddie, entrer dans le siècle nouveau, non pas auréolée d'une fausse légende, mais nantie de ses propres souvenirs et surtout demeurer persuadée que* chaque nouvelle minute est un boni.

À présent, allez-y! Vous verrez: chacune de ces histoires trans-perce et soulage dans un même souffle — je devrais plutôt écrire dans un même coup de couteau. C'est conté serré, sans sentimen-talité, sans la moindre complaisance. L'écriture, comme la main de l'escaladeuse, s'agrippe aux anfractuosités, aux saillies, à la corde tendue. Les yeux braqués sur le geste qui peut soit vous sauver, soit vous précipiter sur l'arête du rocher, vous vous élèverez, pour voir. Surtout, vous faucherez compagnie à tous ces bruyants *qui* ont élu domicile en ce bas monde *et qui* emporteront leur fracas en paradis.

ROBERT LALONDE

Transit à YUL

Judith faisait de l'escalade. Le ciel gonflé de lumière. Son téléphone satellite a sonné. Impérieux. Elle a dû descendre et se précipiter.

Elle atterrit à YUL en jet privé. À Dorval, elle saute dans un taxi lorsque la trombe d'eau s'abat sur la ville. Partout, des voitures en panne bloquent la circulation déjà congestionnée. À une vingtaine de rues de sa destination, pour aller plus vite, elle descend du taxi. Pauvre chauffeur en rade ! Elle lui donne un gros pourboire, l'argent, cadeau d'Aubray, comme ce vol de luxe depuis Calgary.

Aux intersections, elle attend que le feu passe au vert avant de traverser. Autour d'elle, les Montréalais trempés s'élancent dans les rues sans regarder. En montagne, on ne se lance dans le vide qu'après avoir vérifié ses ancrages. Seulement alors se laisse-t-on glisser en rappel. Un rappel que les corps tombent en chute libre et que l'atterrissage ne pardonne que s'il se fait en douceur.

Sac au dos et vêtue pour le pays sauvage, Judith marche de son pas montagnard, sa peau collante de sueur. Il pleut des cordes, la lumière, terne sous cette abondance d'eau. L'alpiniste est pressée de reprendre l'avion et de remonter dans ses montagnes. Elle est descendue en rappel accéléré sans avoir eu le temps de se changer, de changer d'idée.

Viens-t'en comme tu es. J'ai tout arrangé à l'aéroport. Apporte ton barda d'escalade.

Voilà trente-quatre ans qu'elle n'avait entendu la voix de café du parrain. Cette voix grave et voilée qu'elle associe depuis l'enfance à tous les pilotes de ligne.

Ne lambine pas. C'est urgent.

Elle avait bien protesté, il réussissait encore à l'impressionner.

Le vieux barbon. Grincheux sévère inflexible. Exigeant. Exigeant la sainte paix, répétait-il à ses enfants qui n'entendaient rien. On s'est peint un masque et on est devenu dégueulasse aux yeux de ces perturbateurs. On a raconté avoir fait de sa vie une grande manigance. On a trafiqué les choses et les émotions, on a triché au jeu et en amour, on a engendré et on ne s'est occupé de personne, on a investi perdu gagné, on a amassé, on a dépensé, on a flirté promis trompé et on a plané dans le bleu du ciel dans l'anthracite des tempêtes, vers les couchers et les levers de soleil, pilote extravagant des années héroïques des premiers vols transocéaniques de masse qui ne transitait par YUL que pour dormir. Puis la vieillesse est arrivée avant le temps; déjà, c'est toujours trop tôt. La vue baisse, les réflexes ralentissent. Avion encore solide qu'on relègue dans son hangar parce que la foudre a trop de fois frappé le fuselage, le maître des lieux s'est parqué dans sa maison encombrée de meubles et de filles, de gendres et de marmots. L'homme acariâtre a mis tout ce beau monde à la porte et a gardé les meubles.

Judith, guide de montagne qui ne perd jamais le nord, est désorientée à YUL. En plein pays sauvage, habituée à mémoriser le relief, à lire les cartes topo, à entrer les coordonnées dans son GPS, elle s'oriente mieux que dans les rues, instinct alerte, car s'égarer en montagne peut devenir erreur fatale. En ville, elle n'a qu'à héler un taxi. Aujourd'hui, elle cherche la maison avec sa porte carnaval qu'Aubray avait peinte en masque de fête pour sa filleule malgré les protestations de sa femme pour qui l'excentricité barbouillait la toute importante discrétion.

Un par un, dès leur sortie de l'inconscience primaire, les cousins cousines de Judith développaient une frousse du diable de l'homme irascible. Elle, pourtant, manifestait une certaine curiosité envers son parrain, probablement à cause de la distance. Son père, contrairement à ses sœurs résolues à vivre en famille chez le pilote de ligne, avait en effet refusé d'habiter l'ancien presbytère de pierres.

À six ans et demi, Judith glissa dans la boîte aux lettres de la porte du parrain une carte postale arborant des palmiers échevelés que ses parents avaient reçue d'amis en vacances. Au verso, sur les mots anglais qu'elle ne comprenait pas à l'époque, elle avait dessiné une maison en orange criard. Dans la fenêtre, un homme tournait le dos à un arbre au feuillage hirsute duquel tombaient, allègres, des pommes-chats avec sourires fendus jusqu'aux oreilles et queues en points d'interrogation. Le chenapan garda le dessin. Par la suite, il n'atterrit nulle part sans s'approvisionner en cartes postales.

À cinquante ans, il atterrissait pour la dernière fois, alors qu'elle, à seize ans, s'envolait vers son grand air et ses pics à l'infini, munie d'un aller simple. De loin en loin, il envoyait à sa belle vilaine une carte postale sans message au verso. Devait-elle décoder l'image? Quoi déchiffrer dans la Mosquée bleue d'Herat ou les Grandes Dunes de la Saskatchewan, le marché aux tissus de Hong Kong ou la course de wagons au Stampede de Calgary? Au début, elle répondait par de longues lettres qu'il lui retournait sans les avoir décachetées. Correspondance énigmatique à sens unique; c'était son entêtement. Alors, elle prit l'habitude de lui renvoyer ses cartes avec, au verso, un laconique Tout va bien ou Ai conquis vertige ou encore Obtenu brevet guide de montagne. Pendant trente-quatre ans. Jusqu'à ce coup de cellulaire qui avait enfreint la règle du vieux bougon.

De l'autre côté de la rue et sous la pluie qui ne tombe maintenant que par grosses gouttes intermittentes, Judith observe une falaise parsemée de pépites de mica. Elle ne reconnaît rien. La raison lui dit que c'est la maison du parrain qu'elle examine de la cave au grenier. Le nom de la rue, le numéro de la porte le prouvent et son plan de la ville confirme qu'elle est dans Rosemont. Malgré les points de repère irréfutables, elle ne voit qu'un piton rocheux à escalader. Aubray ne l'avait-il pas sommée d'emporter son équipement d'escalade?

À force d'étudier la paroi, elle découvre sous le sommet une ouverture creusée dans le roc. Cependant, au lieu d'absorber la lumière comme l'entrée d'une caverne, l'ouverture reflète la couleur mate de l'étain. Intriguée, elle hausse les épaules pour équilibrer le poids de son sac sur son dos et traverse au feu vert. Les quelques mètres d'un trottoir à l'autre corrigent sa perception visuelle.

Devant la porte carnaval, qui lui arrache un large sourire malgré ses couleurs défraîchies, on a tiré et cadenassé une grille de fer. Devant les fenêtres, de la cave au troisième étage, à l'exception de cette vitre sous le toit qui réfléchit la lumière du jour, on a cloué des panneaux de bois. Le cinglé! Il s'est barricadé dans sa tour de contrôle, sachant qu'elle seule de la famille pourra lui rendre la dernière visite.

Judith fait basculer son sac à dos par-dessus la haie de chèvrefeuille et enjambe la clôture du jardin. Elle ajuste sa lampe frontale, enfile ses chaussons d'escalade, puis noue un bout de sa corde à son sac posé dans les herbes mouillées et l'autre bout autour de sa taille, à l'ancienne, sans baudrier. En examinant sa voie de grimpe, elle se frotte les doigts pour stimuler la circulation. Elle prend son temps avant de s'engager. Trois étages jusque sous les combles, elle estime même pas vingt mètres. Pourtant, si elle décolle du mur, elle s'empalera sur les montants de fer de la clôture travaillés en forme de flèches.

Elle trouve deux bonnes prises pour les mains, appuie le bout d'un pied sur une pierre en saillie et se hisse à trente centimètres du sol. Redoublant de minutie, elle grimpe en coinçant un gros orteil puis l'autre dans les interstices des pierres, s'agrippant aux minuscules imperfections de la muraille jusqu'à ce qu'elle atteigne le faux tain détecté depuis l'autre côté de la rue.

Sur sa peau, des traces fraîches de transpiration s'ajoutent à la sueur séchée de sa dernière escalade, là-bas dans les Rocheuses. Si les guides la voyaient varapper à YUL! Les jambes largement ouvertes pour maintenir l'équilibre, elle insère les quatre doigts de la main gauche dans une fissure et exerce une pression vers le haut tandis que le pouce replié oppose une pression vers le bas contre la pierre rugueuse. Sa main droite atteint le châssis de métal et la fenêtre coulissante s'ouvre facilement.

Judith entre dans l'obscurité du grenier. Tout en reprenant son souffle, elle tire le mou et, lorsque la corde d'escalade se tend, elle hisse le sac à dos, puis allume sa lampe frontale.

Tu atterris à l'heure, toi, dit la voix de café si près d'elle que l'alpiniste sursaute de frayeur. Tu vas m'enseigner ça, la descente en rappel.

Sous le faisceau de la lampe, Aubray, tiré à quatre épingles dans son uniforme de commandant, domine Judith de sa haute taille.

Je croyais que tu te mourais, dit-elle, en notant que le vieil escogriffe porte bien ses quatre-vingt-quatre ans.

Serais-tu venue à moins que je sois à l'article de la mort?

Pour la deuxième fois de sa vie, Judith se tient dans cette pièce interdite de l'ancien presbytère de pierres. À seize ans, elle mourait d'envie de partir; son parrain l'a poussée à voler de ses propres ailes.

Pars sans hésitation, pars sans bagage. Vole et vois. Quand tu auras assez volé, quand tu auras assez vu, tu sauras où atterrir pour de bon.

La question demeurait: où s'envoler?

Aubray l'invita dans l'attique. Sur la tablette d'une crédence, il prit une boîte de casuarina, l'informa-t-il, et la renversa. Les cartes postales s'étalèrent sur le plancher. Choisis une destination.

Elle rit de surprise et de plaisir en reconnaissant parmi les cartes éparses la sienne avec ses chats orange qui caracolaient. Son regard glissa de ce dessin d'enfant vers la photo d'une montagne avec glacier se reflétant dans un lac turquoise. Au verso, elle lut: Lac Peyto, Parc national Banff.

Séduite, Judith s'envola aussitôt à YYC. Pendant que le pilote faisait faire à l'avion un virage sur l'aile en préparation à l'atterrissage, elle vit l'éblouissante chaîne de montagnes aux portes de Calgary.

La voix de café la tire de sa rêverie.

Ils vont exproprier la rue en entier pour construire des condos de luxe. Sauf le presbyt qui sera le point de mire de leur vision d'architectes. Le projet tombe à l'eau à moins que tout le monde ne vende. Les crétins! Ils ont dit oui. Tu comprends, on paie le gros prix pour leurs bicoques.

Et toi, toujours tête de mule?

On s'amuse comme on peut.

Il avait tout démoli l'intérieur; vidé les pièces; scellé portes et fenêtres; inondé le sous-sol et le rez-de-chaussée. Ruiné, le rêve des bâtisseurs de cathédrales. En dernier lieu, à coups de masse, il avait crevé les escaliers jusqu'à la dernière marche et avait cimenté la porte de son refuge. Enfermé dans sa cabine de pilotage, le commandant Aubray avait choisi la seule issue possible.

Après tout, peut-être pas. La face cachée de la lune. En avion, il aurait voulu, une fois, voir la face cachée de la lune. La lune ronde comme un ventre de femme brillait folle de joie dans la fenêtre cette nuit-là qu'il songeait à se défenestrer. Mettre fin à son transit interminable, surtout maintenant qu'on devra faire sauter la baraque. Se jeter par la fenêtre, les bras déployés comme les ailes de soie des premiers avions. Sentir l'air sous son corps le soutenir. Un instant.

Puis, elle, la belle vilaine, sa Judith des montagnes, est apparue sur la face blanche et ronde de la lune. Faire un rappel. Sauter dans le vide, mais être aux commandes, attaché à sa corde. Atterrir en douceur. À l'époque où les passagers applaudissaient les atterrissages en douceur, on applaudissait beaucoup le commandant Aubray. Tant de fois, les passagers se croyaient encore en vol, alors que l'appareil s'était déjà posé. Vol sans escale. Descente en rappel.

Il fallait qu'elle vienne. Une carte postale jetée à la poste, impossible. Manque de temps, les démolisseurs au bout de la rue. D'ailleurs, il s'était déjà emmuré ici. Heureusement, il avait son cellulaire.

Et au fait, sa minicaméra vidéo numérique qu'il a l'intention de lui offrir.

Un gros anneau cimenté dans la maçonnerie sous le toit servira d'ancre à toute épreuve. Futiles, les protestations de Judith. Il ne l'a pas appelée pour qu'elle lui porte secours ni pour qu'elle le descende comme s'il était cette crédence, là.

Judith assujettit la corde en la passant dans l'anneau jusqu'à son milieu, s'assurant que les deux extrémités de la corde et tout le mou ont bien atterri dans le jardin. Pendant qu'elle sangle son propre baudrier autour de la taille du parrain toqué, elle fait au pilote une série de recommandations essentielles. Surtout, insiste-t-elle, surtout qu'il ne lâche jamais la corde de sa main droite ; sa main droite contrôle la descente ; sa main droite est le frein vital. La voix de café ordonne à la guide de montagne de descendre la première avec instructions formelles de le filmer, avec défense expresse de lui poser la moindre question sur son plan de vol.

Dans le jet privé qui la ramène à YYC, Judith ouvre le colis qu'Aubray avait glissé dans son sac à dos. La collection complète des cartes postales ; certaines marquées de ses brefs messages à elle. Sur une carte montrant le pont Charles à Prague, elle avait écrit son numéro de téléphone satellite, celui qu'elle utilise en montagne. En travers des chiffres, il avait griffonné : On ne va pas se raconter nos vies, bâtard !

Judith visionne les images qu'elle a enregistrées. Le commandant Aubray dans son impeccable uniforme fait durer la descente. Il court de long en large sur le mur ; les pieds à plat sur les pierres, se soutient immobile pour observer sa rue qu'on métamorphosera, quel que soit le sort de l'ancien presbytère ; pendule humain, se laisse osciller dans le vide ; reprend l'acrobatie aérienne ; descend en vrille ; pique du nez ; se redresse ; continue sur sa lancée. Vol plané du pilote de ligne qui hurle, étourdi de bonheur, qui glousse, goulu d'apesanteur.

Judith ferme l'appareil juste avant l'atterrissage du commandant Aubray à YUL. Son parrain téméraire, maître de l'air qu'on applaudissait à tout rompre.

Le prix du Nobel

À la mémoire de Patrick White

As we went to bed we had no idea of the awfulness awaiting us.

PATRICK WHITE, *Flaws in the Glass*

À l'instant même où j'apporte mon bol de soupe à la table, des cris dans la rue brisent le silence du soir et me font sursauter. Le bouillon me brûle les doigts et, avant que j'aie pu corriger l'angle du bol, la soupe a débordé et souillé mon pantalon. Que le bruit me contrarie ! Irrité, je me change en vitesse avant de me précipiter sur le balcon.

Ma foi, c'est une rafle au numéro 20 ! J'ai toujours soupçonné ces deux messieurs de nous cacher quelque chose. Ce n'est pas normal de vivre dans un quartier pendant dix ans sans jamais adresser la parole à ses voisins. Même pas un simple bonjour discret en passant. Rien.

Des hommes et des femmes sautent de camionnettes stationnées à la hâte dans notre rue étroite et assaillent la maison d'en face par-devant et par-derrière. On allume des projecteurs qui aplatissent la façade comme à midi en plein été. Ne me dites pas qu'on tourne un film ! A-t-on idée de choisir la propriété la plus mal entretenue du quartier ! Si vous voyiez le jardin ! Il est si négligé qu'on croirait la maison abandonnée, ou comme le disent les enfants du quartier : une vraie maison hantée. On tourne un film d'art, sans doute. Ou un film d'horreur. À moins qu'il s'agisse des nouvelles. Ce serait plutôt cela. Un des deux aurait tué l'autre. Rien de moins n'amènerait radio, télévision et journaux tous à la fois dans notre quartier. Au numéro 20, on sonne, on frappe et on appelle longtemps avant que la porte s'entrouvre enfin.

Que se passe-t-il? demande l'homme dans la soixantaine d'un ton poli, mais alarmé.

Il garde la porte à demi fermée comme on tient une serviette de bain pour se cacher. Sa peau basanée trahit ses origines étrangères; son accent les confirme. C'est la première fois que je l'entends parler, mais je le reconnais: c'est lui qui s'occupe des travaux domestiques au numéro 20. Dans le groupe massé sur le balcon, une femme élève la voix. Elle aussi a un accent; mais elle est blonde.

Monsieur Ducharme?

M. Ducharme ne reçoit pas.

N'avez-vous pas appris la nouvelle? On vient de décerner à M. Ducharme le prix Nobel de littérature. Je suis venue de Stockholm, tout comme mes collègues du monde entier, pour l'interviewer.

Il dort.

Un jeune Allemand vêtu de cuir se fraie un passage en jouant des coudes. Son photographe le suit de près, une grande quantité d'appareils suspendus sur sa poitrine comme des choses obscènes.

Réveillez-le! somme le Germain avec son accent dur.

Je regrette. M. Ducharme ne peut être dérangé.

Une Chinoise pose une question intéressante: M. Ducharme se dérangera-t-il pour accepter son prix?

Pensez-vous! répond l'Allemand. Il peut toujours lever le nez sur une médaille, mais pas sur la coquette somme du Nobel.

Le Nobel est un grand honneur, pas une vulgaire transaction financière, riposte la Suédoise.

Quand même! M. Ducharme acceptera son prix, vous verrez, réplique-t-il en se rengorgeant. Il doit donc nous accorder des entrevues. C'est la règle.

Je regrette. M. Ducharme ne peut être dérangé, répète le fidèle compagnon de l'écrivain.

Alors qu'il s'apprête à fermer la porte, les protestations des journalistes reprennent de plus belle. Encadré par son caméraman et son preneur de son, un homme de haute taille se détache du groupe. Je reconnais un célèbre présentateur d'un réseau de télévision étasunien.

Qui diable êtes-vous? demande-t-il avec l'autorité de ceux qui gagnent de monstrueux salaires.

Je suis Monsieur Salinger. S'il vous plaît, baissez le ton! Vous ameutez tout le quartier.

Vous ne vous rendez pas compte, mon bon monsieur! lance une journaliste française. M. Ducharme est lauréat du prix Nobel de littérature. On se réveille pour ça! On se dérange pour ça!

Monsieur Salinger, je suis le traducteur canadien de M. Ducharme. J'ai promis des articles en français et en anglais à plusieurs magazines. Sûrement, M. Ducharme acceptera d'accorder une entrevue à son traducteur canadien.

Les journalistes élèvent la voix et se tiennent les coudes; eux aussi ont droit à leur part du grand écrivain.

M. Ducharme n'accorde jamais d'entrevues, affirme M. Salinger sans perdre contenance. C'est sa règle et je ne puis l'enfreindre. Au revoir, conclut-il en fermant et en verrouillant la porte.

L'outrage fait à la presse internationale! On appelle, on frappe, on colle l'œil aux fenêtres; on sonne, on sonne, puis on sonne encore et encore. Rien. Si ce tumulte n'a nullement intimidé M. Salinger ni décidé M. Ducharme à sortir de ses draps, il a néanmoins perturbé notre heure sacrée du souper. Sur leurs balcons, mes voisins s'interrogent quant à cette curieuse scène. J'annonce la nouvelle.

Il paraît que M. Ducharme a gagné le prix Nobel de littérature.

Tout le monde parle en même temps.

Qui est M. Ducharme?

M. Ducharme est écrivain?

Notre voisin? Au numéro 20?

C'est lequel, M. Ducharme? Le brun ou le pâle?

J'explique que le monsieur basané s'appelle M. Salinger
et qu'il ne semble pas être écrivain lui-même.

M. Salinger, c'est celui qui prétend jardiner, alors? lance
M. Lavigne au-dessus des jappements excités de son chien.
Une horreur, cette brousse!

Si ce M. Salinger était écrivain et s'il écrivait comme il
jardine, il n'aurait jamais gagné le prix Nobel de littérature.

Mes voisins accueillent mon badinage avec bonheur.

Vous êtes certain, monsieur Sintonge, qu'il s'agit bien du
Nobel? me demande Mme Dion.

Vous vous trompez sûrement, affirme son mari, sorti en
vitesse et sans chemise. Ce M. Ducharme n'a pas la tête d'un
écrivain.

C'est bien le Nobel, croyez-moi, monsieur Dion.

Tant que vous voulez, poursuit mon voisin qui ne semble nullement troublé de se montrer en public sans chemise. Mais ça
n'explique pas pourquoi les médias se massent devant chez lui.

Le prix Nobel est un grand honneur, vous savez. En plus,
M. Ducharme recevra une grosse somme d'argent.

Enfin! Ils pourront se payer un vrai jardinier, observe
M. Lavigne en caressant son chien qui jappe de plus belle.

Pensez donc! s'exclame Mme Dion. Les journaux et la
télévision du monde entier, ici, dans notre rue!

Ils vont peut-être nous interviewer, suppose M. Lavigne.

Il faut se mettre sur notre trente-six, conseille Mme Dion
en poussant son mari dans l'entrée de leur demeure.

Vous, monsieur Sintonge, essayez donc de savoir quand
ça passera à la télé, me demande M. Lavigne en poussant son

chien dans son vestibule. Je veux enregistrer ça, vous pensez bien !

Pendant que nous bavardions entre nous, ces messieurs et ces dames de la presse pliaient bagage, vaincus par le silence obstiné au numéro 20. Les techniciens éteignirent leurs projecteurs et les camionnettes s'éloignèrent. La nuit et le silence retombèrent sur notre rue.

Malgré tout, avant de se replier, ils ont annoncé qu'ils reviendraient demain à l'aube. À l'aube ! J'admire leur engagement et leur ténacité, mais leur bruyante présence anéantira la tranquillité particulièrement délicieuse qui règne dans notre quartier tôt le matin. Et cela, en vain, car les messieurs du numéro 20 s'entêteront à se retrancher dans leur mutisme comme ils le font depuis dix ans. Quel manque de civisme ! Refuser de parler à la presse internationale comme si le prix Nobel était une vulgaire potiche offerte par une tante gâteuse ! Non seulement on accepte un tel honneur, mais on le partage, messieurs !

Pourtant, l'attitude de mes voisins d'en face ne me surprend nullement. Ils n'ont jamais daigné participer à nos bingos ni aider nos scouts ni même contribuer aux campagnes de souscription que nous organisons régulièrement dans le voisinage. Maintenant que nous connaissons enfin le métier de M. Ducharme (je présume que M. Salinger est simplement homme de maison), son refus de prendre part à nos soirées littéraires me semble relever du plus profond mépris.

Comment même se réconcilier avec le désordre de leur propriété ? M. Lavigne l'a souligné plus tôt : leur jardin est une brousse. Les vignes, les héliotropes, les framboisiers, tout y pousse dans un fouillis végétal, car M. Salinger s'imagine que la nature doit suivre son cours. Quelle idée saugrenue ! En pleine ville, monsieur le jardinier, la nature, on la tient sous contrôle. Un jour, nous avions même remis une pétition à la Ville qui a déclaré que ces messieurs n'enfreignaient aucune loi. Donc, impossible de croire que la nouvelle notoriété de son ami persuadera M. Salinger de tailler ses haies ou enjoindra M. Ducharme lui-même de développer son sens civique. Il refusera de parler aux journalistes qui ne capituleront pas tant qu'ils n'auront recueilli quelque information. Leur présence chambardera le calme de nos vies pendant des semaines.

Qu'à cela ne tienne ! Nous leur donnerons ce qu'ils sont venus chercher et, en même temps, nous réglerons nos comptes avec MM. Ducharme et Salinger. M. Ducharme est un écrivain célèbre. Soit ! À partir de ce soir, il nous appartient. En gagnant le Nobel, il est devenu un homme public. Il le paiera cher, son prix !

Nous réussirons la création du personnage de M. Ducharme pourvu que nous agissions avec circonspection. En tout temps, au nom des rapports de bon voisinage, nous devons paraître récalcitrants à divulguer le moindre renseignement. De plus, il ne faut nous montrer ni envieux ni fiers de la gloire littéraire de notre voisin ; simplement heureux de son succès. Finalement, lorsque la presse nous aura convaincus de parler, nous relaterons des détails à la fois anodins et captivants de sa vie quotidienne et suggérerons des pistes plausibles, mais mystérieuses sans pour autant donner trop de poids à nos propos. Ainsi, en collaborant avec la presse internationale à rendre publique la vie intime de ce reclus prétentieux, nous aurons, nous aussi, notre heure de gloire. Si M. Ducharme proteste contre cette intrusion et dénonce notre fabulation, il sera forcé de sortir de l'ombre. Nous ne pouvons perdre.

Après le souper, je me suis mis au travail avec Mme Dion et M. Lavigne. Toute la soirée et jusque tard dans la nuit, le téléphone a sonné d'une maison à l'autre et nos ombres furtives se sont croisées dans la rue comme des chats en chaleur. Notre activité nocturne n'a en rien troublé le silence habituel au numéro 20.

Nous avons consulté des dictionnaires biographiques et n'y avons trouvé que les titres des œuvres de M. Ducharme. Sur sa vie, rien. Nous avons fouillé nos mémoires et les ordures du numéro 20 et avons étudié nos instantanés des événements communautaires. À notre grande joie, nous avons retrouvé une photo de nos messieurs assis dans leur jardin sauvage, photo qu'un jour M. Lavigne avait prise à leur insu pour appuyer notre pétition auprès de la Ville. Cette image inespérée de l'écrivain est vraisemblablement la seule qui, un jour bientôt, pourrait être mise en circulation. Finalement, nous nous sommes réunis chez moi. Nous avons passé une partie de la nuit à préparer notre stratégie et, tenant toutefois en bride nos imaginations trop fringantes, avons composé un portrait de l'écrivain en tant que voisin.

Derrière nos rideaux, nous observons la même scène qu'hier soir. Les journalistes ont beau sonner, frapper, appeler, nos chers voisins du numéro 20 refusent de donner signe de vie. Je sors sur mon balcon et me prépare ostensiblement à repeindre une vieille chaise. Je me racle discrètement la gorge.

Je crains que vous ne fassiez chou blanc, dis-je d'une voix calme.

Je trempe mon pinceau dans la peinture. Du coin de l'œil, j'aperçois la journaliste chinoise qui traverse la rue.

Je suis Emma Lee, du *Singapore Express*. Vous ne pourriez pas persuader M. Ducharme de nous consacrer dix minutes ? Monsieur ?

Sintonge. Cyprien Sintonge. Je regrette, madame Lee, mais je n'ai pas ce pouvoir.

Je peins un barreau de la chaise avec application. L'Étasunien grassement rémunéré fait signe à ses techniciens de le suivre et il traverse la rue à son tour.

Mais vous, rien ne vous empêche de nous parler, hein ?

Que puis-je vous raconter ? dis-je avec modestie. D'anciennes histoires d'écoliers ? Rien qui puisse vous intéresser.

Oh ! mais ils sont affamés, ces messieurs dames de la presse ! Immédiatement, ils convergent tous vers moi. Je me sens déjà vedette, à la fois nerveux et influent.

Tout ce que vous pouvez nous dire sur lui nous intéresse, affirme la Française.

Nous avons si peu d'informations, confirme la Suédoise.

Je traduis ses livres depuis des années, explique le Canadien. Mais c'est comme si avant hier l'homme derrière ses livres n'avait jamais existé.

Déclarations rassurantes, mais n'en mets pas trop, Sintonge !

Vous affirmez l'avoir connu à l'école ? demande Emma Lee.

À l'école primaire, oui. Il y a cinquante ans. Un homme change en cinquante ans.

Justement. Comment l'avez-vous reconnu après tant d'années ?

Par un geste, dis-je avec hésitation. Ce geste-là lui appartient en propre.

On me photographie et mes paroles sont ponctuées des déclics qui ressemblent à des claquements de langue. Je cesse de peindre ma chaise.

M. Ducharme venait d'emménager au numéro 20. Je suis allé lui souhaiter la bienvenue, selon mes habitudes. Par hasard, il a ouvert avant que j'aie pu sonner. Nous avons sursauté, bien sûr, mais en plus il a levé le bras pour se protéger le visage comme si j'allais le frapper. Il était si terrifié que je me suis rappelé cet écolier qui ne pouvait souffrir qu'on l'approche et qui se protégeait toujours de cette manière. Ce geste-là ne pouvait appartenir qu'à M. Ducharme.

Les journalistes enregistrent mon anecdote et prennent des notes. L'enfance des célébrités avec leurs hantises et leurs drames représente pour les médias la légende à partir de laquelle on peut retracer l'itinéraire de leur vie. En ce dimanche matin, l'Étasunien suggère qu'un traumatisme familial aurait affecté l'enfance de l'écrivain ; au cours des semaines suivantes, la presse l'affirmera. Je laisse planer un court silence, trempe mon pinceau dans la peinture et reprends calmement mon travail. Je hoche la tête.

Il passait les récréations dans un coin isolé de la cour d'école et écrivait. Des poèmes, je crois. En plus, il était souvent pris de vertige et il souffrait d'allergies. Et, chose très curieuse, la couleur rouge le terrifiait.

Les yeux d'Emma Lee mesurent ce témoignage.

Il a sans doute été victime d'un incendie, suggère l'Allemand.

Si c'est pas malheureux! s'indigne la Française. Dites-moi, monsieur Sintonge, avait-il au moins un ami? Vous, par exemple?

Je souris modestement.

En quelque sorte, oui. À cause d'un accident qui s'est produit un hiver sur l'étang gelé derrière l'école. Nous avions forcé le jeune Ducharme à s'y aventurer et la glace a cédé. C'est un cliché, j'en conviens. Mais il en fut ainsi. C'est moi qui l'ai sauvé des eaux, pour ainsi dire. Ensuite, nous sommes devenus un peu amis.

Ces détails de son enfance expliquent certains des thèmes les plus significatifs de son œuvre, réfléchit à haute voix le traducteur canadien.

Sans votre courage, monsieur Sintonge, s'exclame la Française, la littérature aurait été privée d'un grand génie!

Elle a mis dans le mille! Plus tard, sous mon visage cadré en extrême gros plan, les réseaux de télévision me déclareront tour à tour voisin, ami d'enfance et ange gardien de l'auteur.

M. Lavigne promène son chien. Il s'arrête un moment pour s'enquérir de mes robinets. Avec reconnaissance, j'affirme que, grâce à sa compétence en plomberie, toute la tuyauterie du quartier fonctionne à merveille, incluant, dis-je mine de rien, celle du numéro 20 depuis la catastrophe. M. Lavigne explique timidement que, lors de pluies torrentielles, la maison de MM. Ducharme et Salinger avait subi de sérieux dégâts à cause de la plomberie désuète. Les journalistes s'intéressent au témoignage de M. Lavigne. Son chien jappe. Par la suite, dans tous les extraits de l'entrevue, nous entendrons son épagneul s'épancher comme si l'animal avait de grands secrets à révéler. Mon voisin s'éclaircit la voix avec panache.

Il a fallu tout refaire. Un gros travail qui a pris des semaines et a demandé un investissement majeur de la part de ces messieurs.

Il insinue qu'il avait pris des arrangements avec eux pour amortir une si lourde dette.

M. Ducharme vit-il dans une situation financière précaire ? demande l'Étasunien.

L'épagneul court autour des jambes du plombier et s'étrangle dans sa laisse. Mon voisin se penche pour libérer l'animal qui se remet à japper.

Les écrivains ne sont-ils pas toujours dans la dèche ? observe-t-il. Je veux dire, les vrais, ceux qui écrivent des choses sérieuses et compliquées.

Si c'est pas malheureux ! s'exclame la Française. Un écrivain de sa trempe !

Tout en peignant le fond de ma chaise, je laisse échapper que M. Lavigne fait de la poésie et que, depuis les grands travaux, M. Ducharme est devenu le mentor du plombier. Mon voisin proteste qu'il n'écrit que de bien pauvres poèmes, mais ces renseignements suffisent à établir que M. Lavigne connaît les habitudes du lauréat. Ainsi, le grand public apprendra bientôt que M. Ducharme écrit ses romans sur du papier quadrillé jaune avec des crayons à mine qu'il collectionne dans des boîtes de conserve sur son bureau et que M. Salinger tape ensuite les textes.

M. Salinger s'en plaint, précise M. Lavigne. Il dit que M. Ducharme souffre d'anxiété et que son écriture est illisible.

Est-ce votre opinion, monsieur Lavigne? demande Emma Lee en le toisant.

Je suis plombier, madame, pas graphologue.

Le monde entier saura également que M. Ducharme travaille de l'aube à midi, qu'il fait la sieste après un frugal repas de pain frotté d'ail et copieusement arrosé de vin rouge et qu'il écoute ensuite des lieder avant de se remettre à la tâche jusqu'à minuit.

Il ne sort jamais? s'enquiert l'Allemand.

Jamais, monsieur.

En jappant, l'épagneul bave sur le pantalon de son maître. M. Lavigne toussote.

Il souffre d'agoraphobie, précise-t-il avec sollicitude avant de s'éloigner avec son chien.

En face, Mᵐᵉ Dion sort sur son balcon et arrose ses bégonias. Elle lève la tête et, dès qu'elle aperçoit les journalistes, elle plaque la main sur son collier de perles et rentre en vitesse. J'explique que ma chère voisine rend d'innombrables services aux messieurs du numéro 20, surtout lorsque M. Salinger souffre de son lombago, et que, de ce fait, elle connaît mieux que quiconque leur vie privée. Avant que les journalistes traversent chez elle, je les préviens qu'ils n'auront pas la tâche facile.

N'est pas encore né le journaliste qui la persuadera de parler. Elle est la discrétion même.

Plus tard, cette semaine-là, divers reportages révélèrent que M. Ducharme avait la hantise de la page blanche et qu'il craignait de mourir fou. Ces obsessions le poussaient à travailler avec tant d'acharnement qu'il était incapable de se détendre. Mᵐᵉ Dion avoua également que cet épuisement si profond était la source de fréquentes querelles entre les deux hommes. Ces terribles disputes faisaient tousser M. Ducharme à rendre l'âme et M. Salinger finissait toujours par demander pardon. Ainsi, la presse avança de nombreuses théories quant à la passion qui liait les deux hommes. Les journalistes revinrent à la charge, mais nous n'avons donné que de vagues réponses. M. Lavigne baissa les yeux ; j'aspirai bruyamment entre les dents ; Mme Dion caressa ses perles.

Par la suite, Mme Dion accepta de donner à la rédactrice d'une revue de décoration certains détails sur l'aménagement des pièces au numéro 20. De plus, elle décrivit d'étranges objets rituels que M. Salinger avait rapportés de voyages de jeunesse. À défaut de photographies, l'article fut accompagné de minutieuses illustrations qui créèrent chez nos reclus un environnement exotique et choquant. Cette invasion de leur espace intime me paraît vengeance à sa juste mesure, mais j'avertis mes deux alliés que si nous en mettions trop, nous finirions par nous faire prendre.

Malgré nos excès, je suis surpris que M. Ducharme nous laisse agir sans réagir. Je décide qu'il est temps de clore ce jeu, mais je veux le faire en grand. Ainsi, je choisis de donner à Emma Lee la photo de ces messieurs assis dans leur jardin en pagaille. En l'offrant à la journaliste la plus méfiante, je double l'enjeu.

Je ne comprends pas votre zèle, monsieur Sintonge, m'avoue-t-elle au téléphone. D'ailleurs, qui me dit que l'homme assis avec M. Salinger est vraiment M. Ducharme ?

C'est vraiment lui, madame Lee. Je vous donne ma parole d'honneur.

Elle garde le silence et, très loin là-bas à Singapour, j'ai l'impression d'être démasqué. À ma grande surprise, elle éclate de rire.

Dans notre métier, monsieur Sintonge, il est toujours sage d'aller directement à la source.

Mais lorsque la source se fait souterraine, madame Lee, boire à la fontaine étanche tout aussi bien la soif.

Ainsi, j'ai été cité, pas toujours correctement, dans la presse internationale. L'unique photo de M. Ducharme a aussi fait le tour du monde, souvent accompagnée de ma citation au sujet de la source et de la fontaine.

Peu à peu, nos vies ont repris leur cours normal. Sauf la mienne, je dois l'avouer. Par mon jeu singulier, j'ai développé un besoin malsain de m'attacher à ces messieurs du numéro 20. Je rêve souvent à eux et, dans mes rêves, je partage leur vie comme si nous étions de vieux amis retrouvés. Rêve, réalité, désir; tout se mêle.

De plus, ce besoin malsain m'a poussé à faire l'erreur fatale de lire l'œuvre de M. Ducharme. Dès lors, j'ai compris son silence: je ne le menace ni ne le touche. Je suis bouleversé par la puissance de l'écriture, la complexité de sa vision et la dextérité diabolique avec laquelle il dissèque les tissus les plus fragiles du cœur humain. Dans son exploration de la nature humaine, il m'a précédé cent fois. Chaque page révèle son infini pouvoir qui me force à reconnaître, puis à examiner ces lieux les plus secrets de ma propre vie.

Tant que sans points de repère je pouvais l'inventer à ma guise, sa vie, je croyais, m'appartenait. C'est lui maintenant qui me contrôle. Plus que jamais, je veux me glisser dans sa vraie vie; entendre sa voix; écouter ses mots à lui. Ma pauvre imagination n'a rien à lui prêter qu'il ne saurait dépasser.

Oh! je l'ai eue, mon heure de gloire! J'ai bien créé le monstre sacré de M. Ducharme pour punir l'homme secret de nous avoir fait l'affront pendant dix ans de refuser de participer à nos soirées littéraires ou d'emprunter la tondeuse à gazon de M. Lavigne. Qui est donc cet homme qui s'est laissé inventer par moi sans m'ouvrir sa porte?

Aujourd'hui, le premier décembre, il neige à plein ciel. Au numéro 20, M. Salinger déblaie son entrée. Dès qu'il m'aperçoit dans la rue, il s'appuie, essoufflé, sur le manche de sa pelle.

Monsieur Sintonge, puis-je vous parler un moment?

Voici l'heure venue d'avouer ton crime, Sintonge, voyeur pris en flagrant délit!

M. Ducharme désire vous remercier de lui avoir offert le bouclier de vos inventions.

Je vous assure…

Ne vous alarmez pas. On peut scruter et interpréter les livres de M. Ducharme tant qu'on le veut. Ses livres, ils sont publics. Mais la vie privée de M. Ducharme n'appartient qu'à lui. Grâce à vous, son intimité a été sauvegardée.

Il aurait tout de même pu parler à la presse.

Cher monsieur! Vous, M. Lavigne et Mme Dion avez dit tout ce qu'il y avait à dire. La presse est gourmande et vous l'avez très bien nourrie.

Vous n'êtes pas fâchés? je demande dans un souffle en fixant le bout de mes bottes.

Au contraire! Même qu'à la demande des journalistes j'ai confirmé l'exactitude de vos dires.

Je lève la tête, ahuri. Il poursuit avec calme.

Ce mythe de M. Ducharme, que la presse l'ait créé à partir de vos révélations ou à partir des nôtres, quelle différence cela fait-il? Un personnage célèbre n'est plus jamais tout à fait un homme, n'est-ce pas?

Nous nous tenons face à face, moi sur le trottoir, lui sur sa propriété de l'autre côté de la clôture. J'ai attendu si longtemps le châtiment que cette rétribution me coupe le souffle. La neige tombe sur nous. La réalité devient le temps fictif mesuré par M. Ducharme, mon quartier un lieu dans son imaginaire, et moi, un personnage qu'il manipule à sa guise. M. Salinger me contemple, déférent.

Puisque vous connaissez M. Ducharme mieux que quiconque et que vous avez l'habitude des médias, il a annoncé par son éditeur que c'est vous qui iriez à Stockholm recevoir son prix. Rassurez-vous, cher monsieur. Vous serez splendide.

Je ne pourrai jamais!

M. Ducharme devra-t-il alors faire savoir que celui qui un jour lui a sauvé la vie se dérobe?

Piégé, j'acquiesce, le visage levé vers le ciel qui m'envoie mille baisers gelés.

C'est bien. Je dirai à M. Ducharme que vous acceptez avec plaisir.

Mais je le lui dirai moi-même !

Cher ami, vous le savez très bien. M. Ducharme ne reçoit pas.

M. Salinger remonte lentement les marches du balcon et disparaît dans cette maison que je ne connais qu'à travers mes fabulations. Je reste seul à grelotter sur l'estrade à Stockholm. Les projecteurs braqués sur moi brûlent le fraudeur que je suis, fraudeur envoyé là pour protéger cette intimité même que par malice j'ai voulu saboter, pour protéger cette vie même qui m'est refusée.

Esther en voix

D'aussi loin qu'elle se souvienne, Esther a toujours été emmurée dans le silence de sa voix muette. Son exil verbal est d'autant plus pénible qu'elle entend tout, qu'elle a appris à parler de l'intérieur, qu'elle articule dans sa tête les mots sans jamais parvenir à les pousser au dehors. Mais ce soir, pour la première fois, malgré ses cordes vocales soudées l'une à l'autre, elle prendra la parole par la voix de Cat qui, pour elle, a appris à lire sur les lèvres qui, pour elle, manipulera les mots jusqu'alors sans véhicule sonore. Ce soir, Cat sera la porte-parole d'Esther. Mais il y a plus.

Les amis se sont réunis pour cette grande première. Leurs voix, aiguës ou graves, excitées ou calmes, laconiques ou prolixes, s'accrochent aux oreilles attentives d'Esther, montent en échos sonores jusqu'au plafond cathédrale. Elle ne perd aucun mot, aucune intonation. Elle prépare mentalement les paroles qu'elle donnera à Cat, ces paroles muettes avec lesquelles elle jongle depuis si longtemps. Ces paroles intérieures comprises à demi-mot parce qu'elle se parlait à elle seule, ce soir, elle devra les exprimer clairement pour son auditoire. Mais il y a plus.

Dans le tumulte des voix qui se mêlent en une seule parole, Esther ouvre la bouche. Le silence se fait autour d'elle. Tous les yeux sont rivés sur son visage mobile, alors que Cat, assise en vis-à-vis, cueille les grappes de mots qui se forment sur les lèvres de sa nouvelle amie et les fait passer de silence à parole. Mais il y a plus.

Esther s'agite, ses yeux s'animent, ses mains, si longtemps prothèses de son dire bâillonné, scandent encore comme si elles, les mains, doutaient de cette alchimie. Et pourtant, voilà que l'expérience livre ses résultats inattendus. Pour la première fois, les amis entendent les mots et les idées, la poésie et l'humour qui vivaient prisonniers dans la tête d'Esther sans jamais avoir auparavant trouvé porte de sortie verbale. Elle moule sur ses lèvres l'argile chaude des sons muets. Cat souffle sur ces mots et leur donne voix et timbre. L'alchimie se réalise. Le vouloir-dire devient verbe. Mais il y a plus.

Les années ont accumulé en Esther un trop-plein d'énergie et de passion, de souffrance et de regret. Cette soif pour la communication orale qui jamais ne s'étanchait; ce torrent verbal si longtemps endigué et dans le remous duquel elle ballottait au risque de s'y noyer. Enfin, ce soir, Esther parle, parle, ne peut tarir le flot qui emporte ses pensées, ses émotions, l'urgence de parler. Jamais lèvres muettes n'auront tant dit. Pourtant, c'est moins le dire d'Esther qui attire que le sous-entendu de son dire.

Esther parle par la voix de Cat qui dit Esther:

Charade. Pour vous, c'est un jeu; pour moi, c'est une béquille. Les mains qui parlent pour ma voix, c'est une imposture. Pointer, mimiquer, c'est une langue gestuelle démunie de ses liens de conjonction, de ses prépositions déterminantes. Une langue sans ponctuations, sans intonations. Solde compte banque. Heure arrivée avion. Oh, c'est amusant deviner cette langue pantomime. Mais à la longue, ça ennuie. Pour l'autre, c'est trop de travail à interpréter, et pour moi, la moindre chose à communiquer devient ardue. Surtout les sentiments, surtout les abstractions. On se détourne vite de la femme muette. Même pour les rares parlants qui ont appris le vrai langage des signes des sourds-muets, cette communication reste approximative. Pour moi, il manquait toujours l'essentiel. Cet état d'esprit qu'une inflexion particulière de la voix fait passer en modulant les mots. Les mains n'ont jamais fait fondre un homme lorsqu'elles mimiquaient je toi aime. Et pourtant, ma voix là, la vraie, celle si près de mon cœur, chaude et sensuelle, elle est là. Toute ma vie, elle fut impossible à lâcher dans le monde. Une imposture, les mains. Approximatif, le langage iconique. Je t'aime. Je vous aime. Sans la voix pour le dire, quelle prétention ridicule ! Je toi aime. Moi aime vous. Et même pour les rares personnes qui lisent sur les lèvres, elles ne peuvent entendre le vrai senti parce que jamais émis. C'est un dialogue de sourds, un échange obtus entre étrangers qui ne possèdent qu'une connaissance superficielle de la langue de l'autre. Le contexte d'ensemble est compris, mais toute la subtilité même de la vie passe sous silence. Malentendus. Frustrations. Charade.

Ainsi se dit Esther par la voix de Cat qui parle, qui donne le ton tendre.

Le libre échange entre le groupe s'était interrompu pour écouter celui-là plus émouvant entre la femme muette et la femme parlante, le groupe, suspendu à ces quatre lèvres, magnétisé. Voix de Cat, une greffe qui devient voix d'Esther.

Tout de même. Après la fascination, déjà habitués à ce dia-mono-logue pour deux voix fusées en solo, les amis réintègrent la conversation. On se coupe en pleine volée de phrases, on s'arrête sur une idée pour la discuter. Sans perdre une seconde, exaltée, Esther entre dans le jeu nouveau, réplique par la bouche de Cat qui peut à peine placer son mot à elle. Les amis prêtent l'oreille aux phrases de Cat, mais c'est aux arguments d'Esther qu'ils répondent. Ce sont ses émotions à elle qui les font vibrer.

Dès que les lèvres d'Esther se taisent et que s'ouvre une brèche dans le mur du son, Cat s'y faufile et dit quelque chose de son cru. Esther lui coupe la parole pour la contredire, elle qui n'a pas encore appris à mâcher ses mots. Aussitôt dit, aussitôt ses mains se plaquent sur sa bouche insoumise. Les mains giflent, pour la punir, la bouche, d'avoir osé parler sans elles, les mains. La pièce vole en éclats de rire, expression d'étonnement à entendre Cat démolir son propre argument, elle qui, avec une seule voix, est maintenant munie de deux discours.

Cat, voix à double fond, voix à double son. Cat, épuisée, lit les mots muets sur les lèvres d'Esther, les prend en sa bouche et les régurgite de travers.

Esther forme : *Heureusement.* Cat dit : Fortunately.

Esther se rebiffe et formule par la bouche de Cat : Adverbialement parlant, en français on est heureux et en anglais vous êtes fortunés.

Les amis ouvrent les dictionnaires, cherchent un pont entre les langues. L'étymologie qui nous lie, disent-ils, l'étymologie qui nous sépare. Tout le monde parle en même temps à la recherche d'une sémantique commune. Le salon au haut plafond devient tour de Babel où se perdent son et sens, langue et langage.

Esther poursuit son discours de muette à deux langues. *Et le bonheur, qu'est-ce que vous en faites du bonheur en anglais, hein ?* Elle force ses mains à l'immobilité.

Qu'est-ce qu'elle dit ? demandent les amis, en se tournant vers Cat, le groupe suspendu à ses lèvres. Parle ! Dis-nous ce qu'Esther dit.

La rébellion des mains d'Esther qui, malgré l'interdit de parler pour la voix, se mettent à mimer. Cependant, comment mimer le mot bonheur sans qu'il devienne absurde comédie ? Esther croise résolument les bras pour emprisonner les mains verbeuses.

Happiness, répond Cat. Esther a dit happiness.

Non non non. Le bonheur, c'est beaucoup plus que d'être heureux, dit Esther par la voix de Cat. Dites tous ensemble : Le bonheur de parler.

Le chœur des amis répète les mots, le ton contraint et forcé.

Cat dit : Esther accuse my people de ne rien savoir du bonheur parce que ce mot n'existe pas dans ma langue.

Les amis s'engagent dans l'escarmouche des nuances qui prêtent aux malentendus, des perceptions qui pervertissent le sens des mots, des maldits qui crient à l'outrage fait à l'orgueil culturel jalousement gardé. De là, prétendent-ils, il n'y a qu'un pas pour qu'on s'embourbe dans les champs de bataille linguistiques qui deviennent meurtriers champs de guerre. Erreur de langue peut mener loin.

Esther tire sa parole du jeu verbal, histoire de se ressaisir de ses mots, histoire d'écouter la voix de son amie. La voix de Cat, grave et modulée comme celle qu'Esther entend de l'intérieur, la voix de Cat qu'Esther approuve, une voix si harmonisée à la sienne qu'elle ne fait qu'une. Mais il y a plus.

Telle l'actrice de génie qui prête non seulement voix mais donne vie aux mots écrits de la dramaturge, Cat sait faire chatoyer les ellipses d'Esther, Cat sait exprimer les intonations justes d'Esther, Cat réussit à effacer ses propres émotions pour rendre celles, uniques, d'Esther. Alchimie. Et de ça, Esther est reconnaissante plus que les mots ne peuvent le dire. Cat lui a enfin donné droit de parole. Mais il y a plus.

Esther puise de son puits profond son autre voix qui ruisselle et étincelle, sa plus secrète voix qu'elle sait belle et limpide. Et cette voix-là, Cat la lui doit aussi.

Chante, Cat, dit Cat pour Esther.

Cette requête a l'effet de causer un grand silence.

Chante, Cat, chante. Chante, haut et fort, parce que moi, ma voix intérieure chante haut et fort et juste et continuellement.

Esther prend la pose d'une chanteuse à son récital : dos droit, tête haute, pieds d'aplomb pour assurer libre expansion du diaphragme. Elle place les mains l'une dans l'autre, les paumes se touchant pour préparer au calme, mais surtout pour empêcher les mains de reconquérir leur ascendant sur la parole. Esther s'engage dans une autre alchimie.

Mais qu'est-ce qu'elle fait? demande une amie à Cat, qui l'interrompt d'un geste de la main.

Esther démontre sa tessiture. Elle monte et descend l'échelle des sons, du plus grave au plus aigu, sa voix bien posée. Son ambitus, parfait, en plein contrôle. Esther ouvre grand la bouche, étire les lèvres, contrôle les muscles de l'abdomen qui, à leur tour, contrôlent le mouvement d'entrée et de sortie d'air dans les poumons. Esther chante, sa voix travaillée si longtemps en secret. Oh! elle l'entend, cette voix qui peut tout chanter.

La voix d'Esther chante le blues, chante le jazz. Elle fait des scats, elle sait syncoper. Elle se prête au rock hurlé, au twang country. Sa voix au timbre coulant s'harmonise au style chansonnier, sa voix agile s'aiguise au chant grégorien. Récemment, elle s'est mise à l'opéra chinois. Sa virtuosité n'a pas de bornes. Les yeux d'Esther font le tour du grand salon, évaluent le silence vénération de ses amis en transe séduction. Ce soir, Esther est en voix.

Dans un silence médusé, les amis observent cette démonstration de lip-synch sur fond de bande sonore muette.

Chante, Cat. Chante pour moi. Peut-être pas l'opéra chinois. Pas encore. Une petite toune western, hein?

Cat dit: Mais Esther, ma tendre amie. Je ne sais pas chanter, moi.

Sûrement, tu peux chanter pour moi. Ta voix fait tout ce que fait ma voix. Un folksong, peut-être?

Qu'est-ce qu'elle dit? demande à l'unisson le groupe des amis.

Esther tient toujours ses mains liées, leur refuse toute possibilité d'évasion.

Esther, même si je le veux with all my heart, je ne peux accéder à ce désir de toi. La nature ne m'a pas donné cette voix-là.

Tout le monde peut chanter, Cat.

Non, je te le répète, je n'ai pas ce don-là.

Tu n'as pas d'oreille?

I couldn't carry a tune to pay my way out of hell, Esther. C'est la pure vérité.

Ma porteuse de parole, ma diseuse d'émotions ne peut porter un air?

Désolée, si désolée, ma vieille.

Cat implore les amies. Parmi elles, lesquelles sont en voix? Sûrement, elles ne chantent pas toutes faux?

Les femmes disent en chœur qu'elles pourraient être le chœur de chant d'Esther, mais la voix d'Esther comme l'est celle de Cat, jamais.

Moi, Esther, je peux être ton porte-chant.

Non non non. Je ne chanterai pas avec une voix mâle. Voudrais-tu, toi, devenir castrat pour moi?

Qu'est-ce qu'elle dit? demande l'ami généreux.

Cat détourne les yeux. Elle ne veut plus jouer à ce jeu cruel.

Loin des yeux, loin du cœur, Cat?

Out of sight, out of mind, friend. C'est la voix de la raison qui parle ici. Désolée, mais tu m'en demandes trop.

Ah! La voix de la raison l'emporte sur la voix du cœur.

Qu'est-ce qu'elle dit? demande encore le chœur des amis. Esther, fais les gestes, voyons. Utilise les mains pour qu'on te comprenne, pour qu'on t'entende.

Le visage d'Esther reste de marbre, mais son cœur... Son cœur s'enlise dans la boue noire du désappointement.

Cat ouvre la bouche, Esther l'interrompt d'un geste de la main. Les lèvres de Cat articulent: *so sorry to disappoint you*; mais aucun son ne sort. Esther a épuisé la voix de Cat.

Quelque chose, tacite et sombre, passe entre les deux femmes que les amis ne savent traduire. Cat fait la bise à chacun à chacune, réserve la dernière pour Esther.

Le baiser à la lépreuse, Cat?

Une simple bise à la muette, dear friend. J'allais dire à la mouette.

Les amis se réjouissent de ce lapsus, mais rient avec moins de spontanéité que plus tôt. Cat sort en enfilant son manteau.

Esther s'esclaffe en silence, les amis l'entourent avec tendresse. D'aussi loin qu'elle se souvienne, Esther a toujours chanté dans le silence de sa voix mouette. Elle dit, sans les mains : *Cat n'est plus en voix, ce soir. Demain, comme d'habitude, elle m'enverra une note, des tonnes de notes. Et alors, je prendrai ces notes et les harmoniserai. Et alors, je chanterai les notes de Cat. Avec ma voix à moi.*

Sept nuits d'insomnie
dans un champ d'agaves avec Quetzal

Le silence ou le parfait bonheur

Jacques Folch-Ribas

Candide entre dans le désert et traverse un champ d'agaves. Les plantes géantes croissent entre les murs effondrés d'anciennes demeures de pierres. Contre le ciel clair d'étoiles, elle aperçoit Señor Quetzal haut perché sur la fleur rouge feu de l'agave. Mirage ? Oiseau de pierre ? Homme de chair ? L'homme-oiseau saute à ses côtés et danse en tournant sur lui-même, l'immense roue de plumes multicolores qui l'habille virevoltant à sa suite. Il la salue : Qu'est-elle venue faire dans son champ d'agaves ?

Je suis une réfugiée, atteinte de bruit, condamnée. Incurable maladie de la cacophonie, ni bouchons ni insonorisation ne font taire tapage, tintamarre, tumulte. Señor Quetzal, sais-tu, toi, faire taire le bruit ?

Un moment de quiétude que crèvent le boum boum boum des radios d'autos, le vacarme des klaxons au coin des rues, le hurlement des alarmes des voitures stationnées, le bip bip bip à quatre heures du matin des camions-éboueurs qui reculent qui reculent. À cœur de jour, l'oreille de Candide capte la dissonance des malaxeurs, des mélangeurs, la tuerie des téléviseurs, voix effrénées, verbomoteurs, les téléphones qui sonnent, qui chantent, qui fredonnent, les pleurs, cris, crécelles des enfants des ruelles. Du matin au soir l'assaille l'agression des tondeuses à gazon et des scies circulaires, des marteaux-piqueurs et des balayeuses de rue ou des chasse-neige. Le boucan, cette débauche du bruit dans laquelle se vautrent ses voisins, ses concitoyens qui rénovent, qui n'en finissent plus de clouer, sabler, vriller. Sont-ils devenus fous à leur insu dans leurs décibels à outrance? Ont-ils perdu l'ouïe à force de monter le volume, de s'enfoncer les écouteurs dans les oreilles?

Candide cherche un refuge, n'en trouve aucun. Elle zappe ou pianote, clique ou compose un numéro de téléphone, entre une commande sur le micro-ondes ou au guichet automatique, même la minuterie de la cuisinière et celle de la laveuse, tout appareil siffle son petit cri aigu, plus rien ne se fait en silence.

Dans son désert, Señor Quetzal murmure: Les bruyants ont élu domicile en ce bas monde, emporteront leur fracas en paradis qui deviendra pandémonium.

Justement, pour échapper au bruit, elle est descendue du Nord, s'est installée à Aguamel. Toute la ville, on dit, est un culte du silence. À la Casa del Silencio, elle a exigé une chambre tranquille. Una habitación tranquila, por favor.

Et c'est silence, à la Casa del Silencio? lui demande-t-il en l'entourant doucement de ses plumes.

Justement, non. L'ouïe aux aguets, elle entend le chut chut chut monotone du balai qu'une femme passe sur les carreaux de la cour intérieure. Sûrement, cette dernière finira sa corvée avant la nuit tombée. L'ouïe attentive au moindre son, malédiction, Candide entend tout. Bruissement, clapotis, frémissement, gazouillis. Soit maudite, son ouïe trop fine.

Elle ferme la fenêtre, s'enfonce les doigts dans les oreilles, forme un mur anti-son avec son gros oreiller attaché autour de la tête. Rien n'y fait. Elle se lève et marche dans les rues désertes, mais non silencieuses.

Nuit d'insomnie à Aguamel. Chantent à tue-tête les grillons nocturnes, chantent même les lézards, habituellement aphones, qui ont bu le mezcal et font harmonie avec les insectes crieurs. En sera-t-il ainsi de toutes ses nuits en ce site dont on lui a vanté le silence?

Señor Quetzal, sais-tu, toi, faire taire le bruit?

Señor Quetzal dit: Dans le désert, attends les nuits nahuatl. Entaille l'agave, bois l'aguamiel. Dans le désert, je serai ton guide. Pendant sept nuits. Attends les nuits nahuatl.

Attendre quoi? Le silence au goût de miel? Ou ses nuits au goût de fiel? Candide n'anticipe rien. Elle est en vacances. Le mot le dit. Le vacarme sera-t-il lui aussi en vacances? Elle écoute le chant du vent.

Dans le faisceau de sa lampe de poche, elle distingue, entre cactus et yucca, une femme de pierre assise à son fuseau. Dans le désert au bout de la ville, dans le désert au bout du temps, Candide est touriste de nuit dans un musée en plein air, son guide Nahua vêtu de rouge et de vert, un oiseau rare féru de mythologie mésoaméricaine.

En sa compagnie, pendant des heures parmi les ruines, elle examine la femme de pierre, le détail de son geste ancien, de son geste figé. Dans la nuit aztèque, la fileuse file en violet le fil du silence, que bientôt brûle le premier rayon de soleil.

Étourdie de sommeil, Candide rentre lentement de cette visite nocturne. Curieuse, excitée, surtout sur les nerfs à attendre la prochaine nuit du désert, elle n'arrive pas à fermer l'œil de la journée. Pourtant si douce la lumière du haut plateau mexicain qui coule sur les maisons bleues, ornées de carreaux de céramique peints à la main, qu'elle devrait être reposante, cette lumière. Peine perdue.

Candide passe les heures à un café à boire mezcal et tasses de chocolat, à manger huevos garnis de tomate et d'oignon, d'ail et de chiles, à savourer porc noyé sous la mole poblano, noire et opaque et parfumée comme la nuit qu'elle désire. Pendant cette orgie gastronomique, Aguamel la gave des bruits de México, transgresse sa propre règle du calme. Le silence, ¡perdón! est compromis aujourd'hui et le sera toute

la semaine. Il faut bien, n'est-ce pas, réparer les rues, rempla-
cer les pavés.

Toute la nuit durant, la cloche de l'église sonne les
quarts d'heure. Toute la nuit durant, la campanita de la iglesia sonne, sonne, sonne les quarts d'heure de la nuit. Toute
la nuit durant, les chiens errants qui jappent, qui se battent,
les chiens errants qui hurlent, qui copulent. Se déchirent à
belles dents, toute la nuit durant, les chiens errants.

Candide titube au bout de la rue et entre dans le désert.

Señor Quetzal l'accueille. Il lui prend la main et lui chuchote à l'oreille... elle se hérisse comme s'il avait crié... il
chuchote encore plus bas : Dans le désert, attends le chien.
Itzcuintli, le chien, dévorera la vermine du bruit qui grouille
dans tes viscères. Dans le désert, attends Itzcuintli.

Candide cherche la femme de pierre qui, en cette nuit
maya, file en indigo le fil du silence. Candide attend et
écoute. Elle étudie avec son guide les ruines du désert. Sur
le mur de pierre, elle repère la figure d'Itzcuintli, le chien,
qui mâche le fil indigo du silence. Le jour se lève.

Son bel oiseau-guide enlace Candide : Ne te décourage
pas, la Belle du Nord. Et il s'éloigne dans la lumière.

Au petit matin dans les rues d'Aguamel, la langue pen-
dante, épuisés, les chiens errants, étiolés sur le pas des portes,
les chiens errants. Candide boit un café con leche et goûte un
premier échantillon de silence. À l'aube dans l'heure calme,
à l'aube dans l'heure creuse du son, l'heure entre chiens de
nuit et campanita de la iglesia, à l'aube, elle s'assoupit.

Oh, mais, dormir à la Casa del Silencio ? Réveil brutal
d'une siesta qui n'a duré, elle l'entend bien, qu'un minuscule quart d'heure.

Buenos días, señora. ¿Como está, señora ? Avez-vous bien
dormi, señora ?

Trois femmes de chambre dans son habitación tranquila.
La première change les draps, la deuxième vide la corbeille,
la troisième apporte l'agua purificada. Dans son habitación

tranquila, l'éclat rieur de leurs voix s'ajuste aux trémolos des oiseaux des matins d'Aguamel.

Lorsqu'elle avait fait sa réservation, on avait assuré, promis, juré craché que, dans cet ancien monastère aménagé en petit hôtel intime, Candide trouverait le silence des nonnes de Santa Rosa. Filles sérieuses des couvents, filles rieuses de l'avenida, ses trois femmes de chambre s'éclipsent.

Hasta mañana, señora.

Au loin la cloche sonne, sous sa fenêtre un chien glapit, dans la cour intérieure on balaie, chut chut chut. Adieu la siesta. Encore cinq nuits du désert. Parviendra-t-elle à naître au silence sur l'altiplano central de ce pays assommé de bruit?

Candide descend dans la rue bondée d'hommes, de femmes et d'enfants. Comment arrivent-ils, eux, à être si pimpants, si reposés? Au coin, entre le marché aux légumes et l'église baroque, on creuse un trou géant à la pelle mécanique, on répare un mur en picorant le vieux mortier à coups de pic.

Somnambule, elle marche jusqu'aux limites de la ville. Elle entre dans le désert et attend la nuit.

Señor Quetzal l'embrasse et lui fait des promesses: Dans le désert, attends le vautour. Cascacuauhtli, le vautour, nettoiera la charogne du bruit qui gangrène ton cœur. Dans le désert, attends Cascacuauhtli.

Dans son champ d'agaves, la fileuse de pierre, en cette nuit olmèque, file en bleu le fil du silence qui s'allonge et permet à Candide d'espérer en une sorte de miracle incantatoire. Señor Quetzal guide le doigt de Candide le long du mur de pierre, en une lecture tactile des signes jusqu'à ce qu'elle voie surgir la forme de Cascacuauhtli. Le vautour vole le fil bleu du silence, qu'il traîne à sa suite en une longue coulée bleu nuit jusque dans son nid d'épices.

Ah… L'histoire ancienne fascine Candide, les attouchements de son guide-amant lui font chaud au cœur, mais elle désespère de ne jamais connaître ce silence qui, il faut bien l'avouer, n'est que promesse.

Señor Quetzal lui rappelle à voix basse qu'elle doit d'abord apprendre à faire la sourde oreille aux bruits du monde.

Oh que oui, dit-elle d'une voix voilée, mais comment y arriver lorsqu'elle est constamment tout oreilles?

Si Candide ne peut trouver le silence dans son ancien monastère, elle passera la journée dans l'église baroque qui s'élève entre le marché aux légumes et le musée de la Revolución. Une église en plein cœur d'après-midi de semaine, refuge sombre et silencieux, sûrement elle y trouvera un quart d'heure de repos sinon de vrai sommeil.

Elle laisse le soleil darder sur l'altiplano et, pendant que ses yeux s'ajustent à l'obscurité de l'église, elle hume l'odeur d'encens et d'anis. Dans son banc, elle somnole. Béatitude.

Elle sursaute, arrachée à son moment rêvé. Un bébé hurle. On noie le front de l'enfant outragé sur les fonts baptismaux. Baptême! En pleine semaine!

Les cloches sonnent, sonnent, sonnent à toute volée, Candide le jure, pendant plus d'un quart d'heure, ce qui a l'heur d'endormir l'enfant, comme quoi certaines incantations, elle présume, obtiennent de meilleurs résultats que d'autres. L'enfant bienheureux sait faire, lui, la sourde oreille au tintamarre. Oh! Se retrouver sous la nef dans un tombeau, doña ancienne et tragique flottant dans une éternité de silence.

Le soleil descend sous l'horizon et elle ne dort toujours pas. Quatrième nuit d'insomnie. Chantent les coqs. Chantent, la nuit, les coqs? En pleine nuit du haut plateau, toutes les nuits, chantent les coqs.

Dans la campagne aux portes de la ville, Candide respire les senteurs d'oranges et de marjolaine en traversant des champs dans lesquels braient des ânes.

¡Buenas noches, Señor Quetzal Quetzalli! dit-elle d'une voix brisée en apercevant son tendre ami haut perché sur la fleur de l'agave rouge carmin. Prends-moi et fais taire le bruit. Je t'aimerai en silence.

Quetzal chante pour elle : Dans le désert, attends le ver bleu. Xonecuilli, le ver bleu, sucera les parasites du bruit qui rongent ton oreille. Dans le désert, attends Xonecuilli.

Viens voir, l'invite-t-il, en cette nuit toltèque, viens voir la fileuse de pierre filer en vert le fil du silence qui disparaît entre les longues feuilles épineuses des agaves. Candide voit, mais attend encore que le miracle du son enseveli se produise. Quetzal pointe du doigt vers la pierre usée du mur. Cette fois, Candide n'a aucune difficulté à identifier Xonecuilli, le ver bleu, qui avale le fil vert du silence.

À l'aube dans l'heure calme, à l'aube dans l'heure creuse du son, l'heure entre coqs de nuit et grillons et lézards, l'heure entre ânes insomniaques et chiens maniaques et campanita de la iglesia, à l'aube, Candide s'assoupit d'épuisement. Un élancement aigu au fond des oreilles la réveille. Est-ce l'infection qui la conduira à la surdité ?

Elle tend l'oreille. À l'aube, une explosion. ¿La revolución ? Dormir à la Casa del Silencio ? Une toute petite siesta, por favor.

Ahora no, señora, répond le trio de femmes de chambre, toutes d'arc-en-ciel et de plumes vêtues.

Pourquoi pas ?

¡Es la fiesta ! ¡Es la fiesta !

Candide consulte son livre-guide. La plus grosse fête de l'année. Aujourd'hui, on fête la Vida. Le bruit, c'est la vie, déclarent ses trois femmes de chambre déguisées en oiseaux. Que n'a-t-elle consulté le calendrier des festivals avant de descendre du Nord !

Jour de fiesta dans le zócalo. Musique, rires de muchachos. Dans les rues du zócalo, les vendeurs crient : mango, cerveza, mango, cerveza. Candide s'empiffre de pepitas et de dulces.

Soir de fiesta à Aguamel. Appels des marchands ambulants, sérénade pour tous les amants qui dansent, qui s'embrassent sous la fontaine, sous les étoiles du zócalo. Mango, cerveza, agua fresca. Candide vide verre après verre de tequila.

Nuit de fiesta à n'en plus finir. Musique rock, musique disco. Marimba, mariachi. Chanteuse plaignarde, voix rauque qui poignarde la nuit. Candide s'éclipse, les mains poisseuses du jus des mangues, la bouche épaisse de pulque.

Me voici de nouveau au rendez-vous de tes nuits nahuatl, Señor Quetzal. Je n'en peux plus. Je t'en supplie, fais taire le bruit, sinon je m'immole sur l'autel sacré de tes temps immémoriaux.

Ils s'accouplent dans la poussière du désert. Dans le tapage de la fiesta qu'on entend jusqu'ici, c'est à peine si Candide saisit ce que lui raconte son guide dévêtu de rouge et de vert: Dans le désert, attends le serpent de feu. Xiuhcouatl, le serpent de feu, cautérisera les plaies du bruit qui infectent tes chairs. Dans le désert, attends Xiuhcouatl.

Dans ses vapeurs de sève d'agave fermentée, Candide la voit double, la femme de pierre qui, en cette nuit totonaque, file en jaune son fil du silence. Ton fil, femme de pierre, trop fin, trop ténu. File-le lourd, file-le gros, ton fil, l'implore-t-elle, la bouche contre le visage de pierre immuable.

Candide mord son amant à pleines dents, alors que Xiuhcouatl, le serpent de feu, consume le fil jaune du silence. Nous n'y arriverons jamais, dit-elle. Ces vacances ne lui apporteront pas le repos désiré. Elle s'allonge sur le mur de pierre en plein soleil levant. La fête au loin emplit le désert de ses trompettes, de ses pétards, de son carnaval sonore. Là-bas dans le zócalo, elle le jure, elle les entend, des talons claquent, claquent, claquent, claquent. Dans le zócalo à l'aube, on danse le flamenco.

Candide s'endort, la tête pleine de la fête; elle s'endort, stupéfiée d'ivresse, ivre d'insomnie. Quand elle se réveille sans avoir fermé l'œil, trop consciente de son esprit agité, le soleil l'a peinte fleur d'agave écarlate. La peau en feu, l'oreille alerte, elle attend sans sortir du désert la sixième nuit de ses vacances épuisantes, envoûtantes.

Ah, Señor Quetzal Quetzalli, mon amant de rêve, ne t'envoles-tu jamais de ce pays infernal? Ton cœur à la douceur des plumes de ton costume traditionnel, comment peut-il supporter tant d'agressions sonores?

Señor Quetzal parle dans son nahuatl, mais, incrédule quant à ses promesses, Candide ne l'écoute que d'une oreille distraite: Dans le désert, attends le dieu de la pluie. Tlaloc, le dieu de la pluie, noiera les bourdons du bruit qui tourmentent ton sommeil. Dans le désert, attends Tlaloc.

Quetzal lui montre une sixième fois la fileuse de pierre. Vois, sous la lune de la nuit mixtèque, elle a filé son fil orangé. Regarde, à ses pieds s'enroulent les autres fils qu'elle a refilés, patiente, nuit après nuit.

Ah, ça, c'est nouveau, s'exclame Candide, les doigts emmêlés aux fils sculptés dans la pierre. Violet, indigo, bleu, vert, jaune, orangé. Les couleurs de l'arc-en-ciel auquel il ne manque plus que le rouge.

Tu vois, femme sceptique du Nord, la femme de pierre tisse pour toi son spectre du silence.

En son cauchemar éveillé, ces six nuits d'insomnie causent à Candide des difficultés à interpréter les signes. Son nahuatl est plus qu'approximatif! Si elle comprenait de travers ce que lui chante son guide amant tout doux! Elle rentre désillusionnée. La touriste dupée par le bel oiseau séduisant des vacances.

À Aguamel, l'heure avance. La cloche de l'église sonne les quarts d'heure, les rues s'emplissent de klaxons, de bruits de ferraille, de camions aux embrayages qui râlent. La campanita de la iglesia sonne les quarts d'heure. Les rues retentissent de sirènes d'ambulance, de sifflets stridents, de chiens errants qui aboient, qui copulent. La vie bourdonne, lui déchire le tympan. Silence, bordel! Ou elle fait un malheur.

Elle passe l'après-midi au musée de la Revolución, l'âme meurtrière, le cœur anarchique. Elle contemple une immense fresque de Rivera, entend la clameur du peuple accablé, désirerait entrer dans un tableau enflammé de Kahlo, dodeline de la tête. Dans le délire du faux sommeil, elle pense à la fileuse de pierre dans le champ d'agaves et file à toute vitesse dans son désert.

Salut, l'oiseau! Haut perché sur la fleur de l'agave rouge sang, sais-tu, toi, faire taire le bruit? ricane-t-elle, plus certaine d'avoir toute sa tête.

Señor Quetzal dit dans le calme du vent: Dans le désert, attends le serpent à plumes. Quetzalcóatl, mon ancêtre mon maître, éradiquera le virus du bruit qui attaque ton cerveau. Dans le désert, attends Quetzalcóatl.

Et elle est là, fidèle travailleuse. Dans la nuit zapotèque, la femme de pierre file en rouge son fil du silence. Les amants de passage s'ébattent dans la sécheresse du désert. Candide attend et écoute. Sept nuits d'insomnie dans un champ d'agaves avec Quetzal à croire aux balivernes d'un amant qu'elle ne reverra jamais. A fling on the wing. Une escapade sur les ailes de l'imagination. Les vacances durent si peu de temps.

Terrassée par une misérable migraine, Candide retourne à Aguamel faire ses bagages. À la Casa del Silencio, c'est l'heure de la comida. Salle à manger pleine à craquer. On crie, on rit, on crie, on rit. C'est l'heure de la comida brouhaha. Les serveurs s'interpellent, choc de porcelaine, verre qui se fracasse sur le plancher de pierres, on rit, on applaudit. Comida corrida, sept plats pour sept nuits d'insomnie. Comida corrida lui fracasse l'oreille à la Casa del Silencio.

Sa valise à la main, elle entre une dernière fois, et en plein après-midi de feu, dans son triste désert. Pour souligner son départ, Señor Quetzal porte, comme au soir de leur première rencontre, sa magnifique coiffure, éventail formé d'un brillant plumage rouge et vert irisé.

Oiseau de feu au plumage splendide, homme de sang tenant en ta main offerte tous les fils de l'arc-en-ciel que tu appelles le prisme du silence, que me chantes-tu là?

Dans le vent qui se lève, il dit en son nahuatl, mais elle l'entend mal: Dans le désert, entends-tu cri, bruit, cacophonie? Dans le désert, entends-tu tapage, tintamarre, tumulte? Dans le désert, entends-tu...?

Dans l'après-midi nahuatl, les fils polychromes de la fileuse tournent à une vitesse vertigineuse jusqu'à ce que toutes les couleurs de l'arc-en-ciel se fondent en un disque blanc lumineux. Dans le désert immémorial blanchi par tant de lumière, la fileuse de pierre accouche du silence du monde. C'est ainsi que son guide, Señor Quetzal, interprète pour Candide les signes de son ancien pays qu'il lit sur les fresques en ruine. C'est ainsi qu'il explique cette légende du prisme du silence, avec laquelle il l'a séduite.

Elle tend l'oreille. Là-bas à Aguamel, la cloche sonne muette. Les chiens hurlent muselés. La fiesta danse sur des silences. Les musiciens jouent des soupirs. Des bouches qui chantent s'envolent des milliers de papillons jaunes.

Après sept nuits d'insomnie à attendre le silence, à écouter le chant du vent dans le désert, à s'imprégner des histoires de Señor Quetzal, à étudier avec lui les sculptures des murs en ruine, à contempler la femme de pierre avec son fuseau dans le champ d'agaves, Candide croit être enfin sourde comme un pot. Mais le croire est-il l'être?

Señor Quetzal, toi, haut perché sur la fleur de l'agave rouge santal, tu as fait les rites du silence. Señor Quetzal, attrape dans ton bec une pièce d'or qui ne tinte plus. C'est le prix de mon silence.

Elle le serre dans ses bras. Il l'enlace à son tour. Ils sont bien tristes. Malgré tout, ce furent des vacances de rêve, n'est-ce pas? Elle pose un long baiser sur la bouche de son amant aérien. Il s'envole.

Sa valise bouclée, à l'heure de remonter vers le nord, Candide entre enfin dans sa casa del silencio. Elle a perdu l'ouïe, son infernal portail du bruit. Cependant, ses trois femmes de chambre l'ont bien avertie : le bruit, c'est la vida ; le silence, c'est pour les morts et les pierres. Tant qu'il y a de la vie, le silence est aussi insaisissable qu'un rêve. Et lorsqu'on souffre d'insomnie, surtout à cause du bruit, les rêves ont la fulgurance des oiseaux en plein vol. Pourtant, en ce moment, Candide habite bel et bien l'œil du cyclone sonore. L'espace d'un instant, c'est le parfait bonheur.

Splendide laideur

Aujourd'hui à l'école se croiseront le dernier jour de notre semaine littéraire et le dernier jour de ma vie. Peut-on, à seize ans, mourir de honte et de désespoir ?

Nos dynamiques profs de littérature ont rendu possible ce cours inévitable en organisant le parrainage de leurs meilleurs étudiants par un jeune auteur suisse installé en Virginie. Je fus choisie d'emblée, car M. Labonté pense que j'écris bien et se croit obligé de m'encourager. Moi, je ne demande qu'à me soustraire aux regards, qu'à écrire toute seule dans mon coin. Docile, j'ai quand même envoyé mes textes en Virginie à Jean Jaques-Dalcroze.

Où était le risque ? Les mots sans visage me permettraient de dévoiler ma beauté cachée. Sûrement, l'écriture ne saurait me trahir. Si en janvier j'hésitais encore à me révéler dans ma fausse nouvelle, *La politique de la beauté*, en février je m'abandonnai à une spontanéité d'expression dans mon texte spoken word fracassant, *Roméo et la moche Juliette*. En mars, mon humour, avoua-t-il, l'avait conquis à la lecture de mon ébauche de pièce de théâtre, *La vraie histoire de la Laide au bois dormant*, et je notai une fois de plus que le cœur se gagne souvent par le rire. En avril, j'en vins à accepter comme vraie l'amitié qu'il me vouait. Par surcroît, une amitié à distance. Pour lui et pour moi, où était le risque ?

Il critiquait mes textes avec chaleur et sobriété ; si parfois, ravi de découvrir un talent, il s'abandonnait à un enthousiasme par trop romantique, il se reprenait et signalait judicieusement mes maladresses. Moi aussi, je le découvrais par les mots. J'entendais sa voix ; ne voyais pas son visage. Cette absence visuelle me plaisait énormément. M'encourageait à croire que l'écriture était ma véritable issue de secours. Ses histoires mettaient en scène de pauvres hères traqués dans sa lumineuse Virginie d'adoption. Ainsi que ces parias qui trouvaient refuge dans le fin fond d'une nature exubérante, chaque fois que je pénétrais dans la fiction de Jean Jaques-Dalcroze, je relâchais ma vigilance. En mai, j'écrivais avec la hardiesse de la meurtrière convaincue d'avoir commis le crime parfait et qui, dans son arrogance, néglige un détail insignifiant qui mène directement à l'arrestation, au jugement, à la sentence. En juin, en effet, j'ai su avec la plus abominable certitude qu'il ne faut jamais pratiquer le laisser-aller, à moins de souhaiter être brûlée vive.

C'était jeudi dernier. M. Labonté me prévient que, le dernier jour de notre semaine littéraire, chacun des cinq étudiants parrainés par Jean Jaques-Dalcroze lira son texte devant toute l'école. Je me mets à pâlir, puis à rougir, consciente que ce chaud-froid ne me sied pas à merveille. M. Labonté s'excuse de son impair comme on demande pardon d'avoir fait se hâter un unijambiste. Si je le préfère, me rassure-t-il, une étudiante du cours d'art dramatique peut lire à ma place. Déjà, deux candidats ont profité de cette alternative, se hâte-t-il d'ajouter. Il me parle avec une pitié déguisée en déférence et ne me regarde jamais tout à fait, ainsi qu'agissent ces pauvres hommes terrifiés d'être accusés de harcèlement sexuel s'ils ont le malheur de poser distraitement les yeux sur une poitrine de femme. Après la lecture des textes, poursuit-il en examinant les taches de moisissure au plafond, on dévoilera lequel des candidats se joindra cet été à la colonie de jeunes écrivains que dirige Jean Jaques-Dalcroze sur le site d'une magnifique propriété antebellum mise à sa disposition par l'État de la Virginie. Préoccupé maintenant de découvrir l'infini dans la longueur du corridor, M. Labonté m'informe que mes chances de gagner sont excellentes, puis il s'éloigne à grands pas. J'étais atterrée. Dans notre entente tacite, Jaques-Dalcroze n'était jamais censé me voir. Et si un jour j'arrivais à publier, comme lui, je laisserais planer le mystère de moi en refusant catégoriquement qu'on imprime ma photo sur la quatrième de couverture de mes livres. C'était jeudi dernier, le jour de mon arrestation. Aujourd'hui, c'est le procès devant toute l'école. Si je gagne, on prononcera ma sentence. Et puis, ce sera le bûcher en Virginie.

Ce matin, le désespoir m'empêche de réfléchir pour trouver le moyen de m'extirper des griffes de la fatalité. Maman qui surveille ma nutrition m'a forcée à déjeuner. J'ai avalé les flocons de maïs comme on avalerait des tessons. Je songe à m'ouvrir les veines. France, l'amie qui cultive le franc-parler, me force à m'exhiber en pleine lumière une fois pour toutes et à m'oublier. Comme si cette impudeur était une chirurgie au laser qui me transformerait du tout au tout en quelques secondes. L'enfance de l'art de l'avant et l'après des pubs. J'ai la nausée et la gorge tissée de laine d'acier. France recommande ce que je crains le plus. Faire de moi un autodafé dans le feu qui purifie. Me faire une beauté dans l'intensité de la lumière.

C'est un défi, Hélène.

C'est un défi-gurement.

Tu te souviens du vieux film français qu'on a vu l'autre jour? Avec Michel Simon. Pas beau tout de suite, tu me diras. Il y a aussi… Tu sais? Ce chanteur français à la voix râpeuse et qui a l'air dépravé. Laid comme un pou. Et l'autre, le comédien de chez nous qui ressemble à un singe. Tous exposés sur scène, au ciné, à la télé. Leur apparence n'a pas nui à leur carrière. Et puis… et puis…

Et puis… et puis… Dans tes exemples, où sont les femmes au profil repoussant?

À court d'arguments, France s'en prend à mes parents.

Avec un nom de famille comme le tien, a-t-on idée de t'avoir prénommée Hélène. Hélène Detroy. Les gens plaisanteraient. C'était couru d'avance.

Ils ne plaisantent pas. Ils hurlent de terreur. Laquelle de mes maudites ancêtres, je voudrais bien le savoir, m'a refilé ce gène-là ! Ce doit être le résultat d'un viol par un dégénéré. Et qui remonte au Moyen Âge, le gène latent pendant des siècles jusqu'à ce que j'entre en scène. Et vlan ! il s'active en moi, le misérable ! De toute façon, France, les bébés, on les trouve toujours adorables. Même le petit du phacochère, on le trouve mignon. Mes parents ne se doutaient de rien. C'est plus tard que ça s'est gâté.

Je déclenche mon grand rire de contralto affligé, mon trait le plus frappant, au dire de tous. Comme s'il y avait embarras du choix.

France me poursuit jusque dans les toilettes. Je ferme les yeux en passant devant les miroirs.

Tu es idiote, Hélène. Pourquoi t'entêter à ne pas lire ton texte ? C'est un honneur.

La honte personnifiée. Moi, debout sur scène ? Tu te rends compte ? C'est une obscénité.

Je ne comprends pas. Pourquoi aujourd'hui ? Tout le monde à l'école t'a vue. On est habitués.

Mais pas le monsieur de la Virginie. Quand il me verra, il ne pourra pas s'empêcher de faire son petit rapport à Jaques-Dalcroze. Et tout s'écroulera. Non non. Ma voie est claire depuis le début. L'écriture, oui. Les projecteurs, non.

Cette manie de te regarder à la loupe, Hélène. Ça commence à devenir agaçant.

Tu crois ?

Écoute, c'est simple. Tu ne penses à rien, tu te lèves, tu lis ton texte, tu te rassois. Ça se fera tellement vite, tu ne t'apercevras de rien.

Ça ne m'empêchera pas d'être malade. Avant ou après.

Attends après. Ça réduira ta honte et les dégâts.

J'actionne la chasse d'eau et ouvre la porte des toilettes avec fracas. Je ferme les yeux en passant devant les miroirs. En me lavant les mains, je lui passe un savon.

C'est toi qui es idiote, France. Pourquoi t'entêter à ne pas le lire, mon texte? Tu suis les cours d'art dramatique. C'est mon droit de te demander ce service. Franchement, pour une amie, tu fais dur.

Et si tu gagnes, c'est moi, je suppose, qui devrai aller en Virginie à ta place? Et quoi encore, Hélène? Si je meurs avant toi, est-ce que je devrai te faire don de mon visage comme on donne ses reins ou son cœur?

France me dévisage. Elle seule peut ainsi me fixer sans porter atteinte à ma pudeur.

Heureusement, la salle de spectacle est déjà bondée. Je trouve un fauteuil libre près d'une colonne au fond de la salle. Sur l'estrade, M. Labonté ajuste le micro qui envoie des sons stridents dans l'espace saturé de bruit. Les étudiants en profitent pour chahuter davantage. France se penche vers moi avant d'aller s'asseoir plus près de l'estrade.

Lis ton texte, Hélène. Sinon je te jure, après quatre heures, une amie, qui fait dur ou pas, tu n'en auras plus.

M. Labonté impose le silence et nous présente l'attaché culturel de la Virginie, dont le nom m'échappe. M. Quelqu'un parle de l'importance de la littérature française en Amérique et, à l'appui, cite le soutien moral et financier que l'État de la Virginie apporte à la colonie Jaques-Dalcroze et à l'écrivain lui-même. Il fait l'éloge de cet auteur de talent, inconnu il y a à peine quelques années, mais dont la renommée ne cesse de s'affirmer depuis son arrivée en terre d'Amérique. Il parle de relève comme si le jeune écrivain était tombé. Il tombera des nues en me voyant. Tout à coup, je me rends compte avec horreur que, dans le fin fond de moi-même, j'ai toujours désiré gagner ce stage.

Oui, je lirai mon texte sans le paravent du cours d'art drama-tique. Je me lève avec une lenteur délibérée, en même temps que se lève la belle et talentueuse Sara, présidente du conseil des élèves. Non seulement je m'exécuterai, mais aussi je lirai la première. Elle, au premier rang de la salle, et moi, qui partais de la dernière rangée, montons sur l'estrade en même temps. C'est un acte de bravoure que de parler la première devant toute l'école. Qui m'a déjà vue. Devant M. Quelqu'un. Qui lui ne m'a pas vue. Et qu'il me voit, ça m'est égal. Sara me scrute. Je soutiens son regard avec calme et confiance. Elle me cède sa place. Changeant mon fusil d'épaule, je décline son invitation en déclarant d'une voix posée que l'honneur revient à notre présidente. Le corps étudiant m'applaudit à tout rompre. Je suis prise de vertige et des points noirs sautillent devant mes yeux. Néanmoins, je me tiendrai debout devant l'assemblée sans m'écrouler. Pendant sa lecture, vous tous, profitez-en pour m'examiner sans retenue. Vous aussi, monsieur de la Virginie. Allez-y, rincez-vous l'œil.

Dommage qu'elle soit guenon, la belle Hélène; elle a tant de talent.

Si j'étais elle, moi, je me tuerais.

Quand viendra mon tour de lire, tous repus, vous pourrez alors vous concentrer sur ma voix, sur mes mots.

Il faut quand même l'admettre. La belle Hélène a le rire des enchanteresses.

Fais-moi pas brailler. Sa face est une insulte à la jeunesse.

Débarrasse le plancher, ostie!

La belle Sara lit joliment son texte. Qu'il soit bon ou non n'a pas d'importance. Pour cette fille populaire et douée, tout est toujours gagné d'avance. Même lorsqu'elle est malheureuse, par exemple suite à une peine d'amour — parce que des peines d'amour, elle en a si cela lui convient —, elle fait bien les choses. Elle a du flair jusque dans la souffrance. C'est à mon tour de lire. Je suis indifférente à ce lac de visages placides, fort consciente cependant que, dans les tourbillons sous-marins de leur pensée, mes camarades se délectent encore. Malgré leur horreur manifeste, ils tombent sous le coup de mon contralto affligé. Ma voix aux intonations chaudes et caressantes les séduit, les hypnotise. Je fais durer l'extase. Lis ni trop vite ni trop lentement. Termine avant que ma langue claque dans ma bouche déshydratée. M. Quelqu'un louange ma grâce et annonce que je suis la lauréate, celle qui représentera mon école à la colonie Jaques-Dalcroze. Les étudiants se mettent à huer. Magnanime dans sa déception, notre présidente me félicite avec simplicité et encourage ses pairs à suivre son exemple. Est-ce possible ? Je cherche France des yeux. Sens peser sur moi l'approbation de l'amie de quatre heures. Tu vois ? J'ai osé m'exhiber en pleine lumière et j'ai tenté de m'oublier. Constate le résultat. Je retourne à mon fauteuil, accompagnée jusqu'au fond de la salle d'applaudissements et de sifflets. En étant mon propre témoin à charge si convaincant, je me suis envoyée droit au bûcher. Es-tu contente ? France, ma petite fille, tu peux frotter tes allumettes.

On se précipite vers la sortie. On me regarde curieusement et on rit sous cape. Au bout d'un long tunnel, nos profs de littérature entourent l'attaché culturel ; M. Labonté hoche la tête, déçu et désolé. France me touche l'épaule et je sursaute.

Ça ne sert à rien de rester assise avec ton air hébété. Viens-t'en ! C'est fini.

Qu'est-ce qui s'est passé ?

Tu as gagné, ma fille ! Tu t'en vas en Virginie.

Fâchée, mais fidèle, France m'entraîne vers la sortie.

Merci, France. Je savais que tu ferais ça pour moi.

Ça quoi ? Je n'ai rien fait, moi. C'est notre chère présidente qui a lu ton texte et a accepté ton prix à ta place. Grâce à toi, la Sara est maintenant cent fois plus populaire. M. Labonté, lui, a dit à l'homme de la Virginie que tu étais indisposée. Ce qui n'est pas un mensonge. La Virginie ! Quelle chance !

Comme si c'était elle qui partait, France s'imagine déjà la belle du Sud à siroter un julep à la menthe sous son magnolia.

Hélène Detroy en Virginie ! Jamais les prétendants n'afflueront de toute l'Amérique pour tomber à tes pieds. Jamais personne ne partira en guerre pour te libérer.

Je dois renoncer à mon prix, France. Que la belle Sara se fasse, elle, l'ambassadrice de notre école.

Hélène, maudit bâtard, arrête tes enfantillages.

Ce ne sont pas mes enfantillages, ce sont ceux des autres. Je ne peux absolument pas tolérer que Jean Jaques-Dalcroze soit déçu.

Voyons donc! Il a appris à te connaître au-delà des apparences.

Tu te trompes, France. Il s'est fait une idée très précise de moi. Une fille de seize ans qui sait écrire, qui a un sens de l'humour fin, c'est lui qui le dit, il faut aussi qu'elle soit belle et charmante. C'est la règle.

Mes parents sont de mon avis et ils connaissent la vie mieux que moi. Papa adopte le côté pratique.

Pense à ton emploi d'été. Ta tante compte sur toi au magasin.

Tu as raison. J'ai des responsabilités.

France se mêle de nos affaires.

Mais monsieur Detroy, l'emploi d'Hélène commence à la mi-juillet. Elle sera revenue à temps.

Maman invoque la loi.

Hélène est mineure. On ne la laissera pas passer la frontière.

Bien sûr que si, madame Detroy. Vous lui signez une lettre l'autorisant à voyager. D'ailleurs, elle aura les documents de l'État de la Virginie expliquant les raisons de son séjour. Et puis Jaques-Dalcroze lui-même viendra l'accueillir à son arrivée. Tout est en règle, vous pensez bien.

Ce n'est pas si simple. Il y a tellement de pervers aux États-Unis. Si quelqu'un glissait de la drogue dans ses bagages? Et il y a pire…

On n'habite quand même pas le pays des anges, madame Detroy. Nous aussi, on a une belle collection de pervers, de meurtriers, de violeurs.

Maman gémit en détournant les yeux de moi, papa ouvre grand les yeux en me souriant avec tristesse. France poursuit.

En voulant la protéger, vous faites plus de dommage que de bien. Elle a assez reculé. C'est maintenant ou jamais d'aller de l'avant. Ce qu'on offre à Hélène est une chance unique et vous le savez très bien.

N'insiste pas. Mes parents ont raison. D'ailleurs, ça coûtera trop cher.

Tu y vas aux frais de la princesse.

Papa vole à mon secours avec le truc du mâle à la dignité offensée.

Je ne saurais accepter que ce Français expatrié...

Il est Suisse, papa.

... que ce Suisse français paie les frais de voyage de ma fille comme si nous étions dans l'incapacité d'assumer ces dépenses. Nous ne sommes pas indigents !

Monsieur Detroy, c'est une bourse offerte par le gouvernement américain. Rien de déshonorant là. Alors, Hélène, tu vas passer ta vie à te cacher ?

J'ai passé des jours et des nuits à balancer pendant que luttaient à forces égales mes deux plus grands désirs. Le désir profond de m'isoler et le désir tout aussi intense de me libérer de ma hantise. Je me suis enfin décidée à entreprendre le voyage en me disant que je mettrais cette aventure au cœur d'une expérience de laboratoire dans laquelle Jaques-Dalcroze et moi serions les cobayes. Quels qu'en soient les résultats, à tout le moins ma présence inspirerait sûrement la prochaine œuvre du jeune auteur. *La tarée du Sud*, peut-être ?

Pour aller vers lui, je prends le train plutôt que l'avion. Le train me semble plus fatidique et émouvant, plus philosophique et poignant. Surtout, je prends le train pour ne pas arriver trop vite.

Avant mon départ, France m'encourage à m'habiller avec plus d'éclat.

Pourquoi t'entêter à porter du bleu marine ?

Tu m'imagines en rose néon ?

Et entre en scène mon contralto affligé, qui déride France, l'impitoyable critique.

Je l'adore donc, ce rire-là. Te gêne pas avec le Suisse. Il n'y verra que du feu.

Toujours prête à mettre le feu aux poudres, hein, toi? Et je m'en vais m'immoler en frottant les allumettes que tu me donnes.

Hélène, un jour, tu m'as ouvert ta porte et je suis devenue ton amie. Ça ne serait pas une extravagance de ta part d'ouvrir ta porte une deuxième fois pour laisser entrer quelqu'un d'autre. Alors, tu l'achètes, cette jupe rouge?

Ainsi, j'ai été tiraillée jusqu'au dernier appel entre l'inquiétude de mes parents qui me surprotègent et les encouragements de France armée de son amitié inconditionnelle. À l'impératif en voiture/all aboard, j'ai finalement sauté dans ce train avec mes nouveaux vêtements diaprés, mes cheveux aux boucles folles, mes pendants d'oreille en verroterie. Et *elle*.

En vingt-quatre heures, changer le cours de ma vie, France? Improbable, ce voyage insensé. Tout alimente mon trac. Même les rails sous le roulement du train jouent une samba à la cadence féroce: La poire Belle-Hélène! La poire Belle-Hélène!

Ma vie ne sera toujours qu'un piège, à moins de la vivre dans l'isolement le plus complet. Loin des yeux, loin des miroirs. Et me voilà qui vais à la rencontre d'inconnus qui me coteront classeront au premier coup d'œil. Mes écrits ne seront plus que mots émasculés par un jugement sommaire. Pour qui se prend-elle? La poire Belle-Hélène! La poire Belle-Hélène!

Ne capitule pas, Hélène.

On dit qu'un excès de terreur rend brave. Essayons ça. Tu ne peux pas m'accuser de ne pas essayer, France.

Au rythme de cette danse en transe, je me promène d'un couloir à l'autre, les épaules droites, la tête haute. M'oblige à rencontrer le regard des passagers, à leur lancer à la tête mon contralto affligé et, sans blague, ils l'accueillent avec de grands sourires surpris joyeux. Estomaquée enhardie, je vais prendre un espresso bien tassé dans le wagon-bar.

Un enfant lance un cri de mort. Par réflexe, je fais le dos rond, dissimule mon visage dans mes cheveux bouclés. Suis paralysée sur mon tabouret. Comment me sortir de cette impasse ?

Une fois pour toutes, dit une voix de femme excédée, cesse d'achaler ta sœur. Tu veux une mornifle ou quoi ? Et toi, arrête de crier. On est pas des sauvages.

Je redresse les épaules, respire un bon coup, sirote mon café. Rencontre le regard du barman. Il me fait un clin d'œil. Pendant que je lui souris, j'intercepte un bout de phrase qui finit par... pauvre elle. La poire Belle-Hélène ! La poire Belle-Hélène !

Sous ce leitmotiv entretenu à l'énergie de locomotive, je m'enfuis vers le fourgon de queue. Laissez-moi descendre ! Laissez-moi descendre de ce train d'enfer ! La main amicale du barman me pousse hors du train. Avant de m'écraser, je hume les herbes du jeune été. La mère me soulève. Retient son souffle devant mon visage arraché. Cette tare ensanglantée enfin détachée de moi. Ses enfants lancent leur cri de mort. J'entends au loin une voix se lamenter sur mon sort tragique : Ah ! ma belle amie décédée à seize ans dans la fleur de l'âge, ma belle amie qui venait à ma rencontre !

Je pivote sur mon tabouret, prête à me défendre. La voix qui a dit pauvre elle appartient à un gros gars tout absorbé dans son cellulaire. Il n'a aucune conscience de mon existence. Je laisse sur le bar un billet de dix dollars et retourne à mon siège.

Nous nous rencontrerons, Jean Jaques-Dalcroze ; c'est inévitable. L'après-midi, nous nous retrouverons dans votre beau jardin. Assise dans un fauteuil d'osier, j'offrirai mon visage à l'ombre qui s'étale sous l'épaisse frondaison du grand chêne. Je choisirai bien ma place. Tournerai le dos aux fenêtres. Resterai à contre-jour. M'assurerai que votre visage soit celui en pleine lumière. Si nous faisons une promenade, je ne sortirai qu'une fois le soir tombé. Pourvu qu'il n'y ait pas clair de lune ! Je me force à scruter ma réflexion dans la vitre. Cherche les facteurs rachetables. La poire Belle-Hélène ! La poire Belle-Hélène !

Dans la vitre, ce visage haï, découpé en mille facettes d'ombre et de lumière. Mon visage exécré qui se décompose dans la vitesse fulgurante du train.

Mon visage qui se recompose dans le jardin de Jean Jaques-Dalcroze. La chaleur du plein jour coule sur mes joues pourtant fraîches. Mon visage blanchi par la lumière du plein été virginien. Jean Jaques-Dalcroze m'observe depuis un bon moment.

Vous êtes fascinante à regarder, Hélène. Tel un insecte qui vous répugne à première vue, mais qui, à force de l'étudier, apprivoise votre répulsion. Comme vous portez bien votre nom ! Hélène Detroy, vous êtes exquise, glorieuse. Vous aussi ferez tomber des empires.

Le train entre en gare. Un ruisseau de sueur m'inonde les flancs. J'anticipe déjà les yeux de Jaques-Dalcroze. France se plaque contre la vitre.

Ne recule pas, Hélène. Tu as gagné.

Rien n'est gagné, France. Tu vois bien que rien ne sera jamais gagné.

Sur le quai, il y a foule. Le gros gars avec son cellulaire me bouscule au passage. La mère excédée tire ses deux enfants maussades vers la sortie. Des Noirs en uniforme bleu manipulent de la marchandise en silence. Je n'ai aucune idée où aller jusqu'à ce que je croise un homme qui tient un écriteau sur lequel est inscrit mon nom.

Jean Jaques-Dalcroze ? je dis, incrédule.

Jambes arquées. Épaules tombantes. Le menton en galoche. Un œil qui louche. Et l'air pervers, avec ça. Au point que je dois donner raison à maman. Ça y est, le descendant du troll qui a violé mon ancêtre sera mon mentor d'écriture. Comment composer avec ça ? Et tous mes textes qu'il a lus. Mettant en vedette mon obsession. *La moche Juliette. La Laide au bois dormant.* Mes divagations sur la beauté. Il me brûlera de ses mots implacables.

La création littéraire, la belle Hélène, n'est pas le lieu de la thérapie. Est-ce que je me plains, moi ? Tous pareils, ces fichus ados. Et moi qui vous croyais différente. Quelle déception !

Comment réparer ?

Au lieu de réparer, l'incongruité de la situation empire lorsque, incontrôlable, mon contralto affligé me pousse du coude pour occuper le devant de la scène dans toute sa magnificence. L'écho dans la gare aidant, son aria provoque le rire général. Retenant mon souffle, je fais débouler les mots entre deux excès d'hilarité.

Monsieur Jaques-Dalcroze, mes excuses, je n'agis pas ainsi normalement, s'il vous plaît, croyez-moi, je ne ris pas de vous, je vous assure, vous admettrez que je serais malvenue de m'engager dans un tel acte, je ris avec vous, non, je le vois bien, vous ne riez pas, vous ne pouvez savoir, je voudrais tant vous expliquer, plus tard, oui, je vous expliquerai tout, dans votre jardin, oui, en pleine lumière, ensuite, vous ferez de moi...

Un homme, ni grand ni petit, ni beau ni laid, se plante devant nous et, tout essoufflé, interrompt ma faconde et me coupe le rire sec.

Vous avez déjà fait connaissance ? Très bien. Cuthbert Lee est mon bras droit, ajoute-t-il en me regardant distraitement.

She seems upset, dit le bras droit à l'homme essoufflé. I don't understand what she's saying.

Non non. Rien, je dis, je présume, au vrai Jaques-Dalcroze. Non non. Rien, je gesticule pour aider Lee le bras droit à comprendre. Rien. Je fais non de la tête pour nier. Je fais non des mains pour annuler tout imbroglio. Rien rien, je répète encore en reculant.

La poire Belle-Hélène ! La poire Belle-Hélène avec de la sauce au chocolat plein le visage.

Jaques-Dalcroze me prend le bras.

Je suis stationné illégalement. Get her luggage, Cuthbert, dit-il à Lee, qui se gratte le menton, incapable de me décoder.

Mon mentor m'entraîne vers la sortie, mon ancêtre sur nos talons, transportant ma valise et marmonnant que je suis crazy.

Terrifiée embarrassée, prête à rendre l'âme, me voilà le centre d'attraction.

C'est ton signal, Hélène, me dirait France. Ne rate pas ton entrée en scène.

Alors, n'ayant plus rien à perdre, dans cette gare bondée, je me mets en train. La tête haute, je distribue de larges sourires. Salue de la main comme le ferait Miss Tobacco Road, you-came-a-long-way-baby. Me prends pour la au bois dormant qui vient de se réveiller en retard, et qui court pour rattraper le temps perdu. J'écris déjà une carte postale à France. Et marche dans le sillon de Jaques-Dalcroze. Lui prends le bras. Surpris amusé par mon geste, il me souhaite la bienvenue à Richmond.

À la sortie de la gare, happée par la lumière virginienne, je deviens torche vivante.

Tu n'en croirais pas tes yeux, France. Wish you were here. Imagine ça. Hélène Detroy. Brûlée vive. C'est absolument splendide.

Petite histoire d'O
ou Corinne et la saison de la chasse

Le cœur me crève. Cent longueurs de piscine. Une heure dans l'eau chlorée. Compter chaque longueur, ne pas perdre le fil, ne pas me laisser couler dans l'ennui vaseux de cette pratique quotidienne. La natation saine, incontournable pour me refaire un cœur solide. Je pense à toi, t'imagine là-bas, t'imaginerai pendant cent longueurs.

Plonge. Je baigne déjà dans mes larmes. Toi, tu baignes dans le lac. Nage. Respiration régulière, mouvements rythmés. Toi, immobile dans la vase au fond du lac. Je m'étouffe, me calme et nage.

Cinq longueurs. Pourquoi ils t'ont fait ça, tes chums de chasse? Pourquoi, hein? Tu les intimides. Voilà pourquoi. T'es un doux, ça les intimide. Tu reviens toujours bredouille de ta chasse au canard. Ça les rassure, ça les amuse. Pierre, Jean, Jacques avec leurs histoires de chasse à dormir debout. Chasseurs vantards, tes petits copains.

Bon, ti-mousse, tu interromps le flot de mes pensées. La piscine est assez grande, va faire des vagues plus loin.

La chasse au canard. Les canards tremblaient dans leurs plumes. Maintenant, ils rient, les canards. Tes copains les chasseurs riaient jaune la nuit dernière. Pauvre toi, au fond du lac, je t'ai vengé. Tu désapprouverais. Mais oui, tu désapprouverais. Je t'entends désapprouver la bouche pleine d'algues. Tu désapprouves parce que t'es un doux. N'empêche, je t'ai vengé.

Douze longueurs. La nuit dernière, je suis allée à votre camp de chasse malgré l'interdiction. Pas de femelles sur les lieux! Je t'apportais un gâteau aux pommes. Ton préféré. Des pommes d'automne pour ta chasse au canard. Mon offrande de paix, tu comprends.

C'était trop bête nous quereller sur le pas de la porte. Toi avec ton fusil et ta vilaine casquette, moi avec mon tailleur et mes talons hauts. C'est faux que je t'empêche d'aller à la chasse. Si t'aimes ça tirer les canards. C'est faux que je joue à la déprimée de la grande ville pour me rendre intéressante. Ce sont Pierre, Jean, Jacques qui t'ont mis ces idées-là dans la tête. Je ne suis pas comme les femmes de tes chums de chasse, moi, démunies de toute imagination. Certes, cet exercice en piscine devient monotone… où en étais-je? Ne perds pas le fil, sinon tu devras reprendre à zéro.

Vingt longueurs. Dans le bois, à l'automne, la nuit, je marche à pas de loup. La nuit est pleine d'yeux, pleine de brouillard. Il faut beaucoup de brouillard, tu comprends. Brouillard qui roule entre les branches spectrales des arbres. Arbres qui craquent dans le vent. Vent qui siffle entre les branches. Enfin, tu vois le genre. Des chouettes. Il faut des chouettes et des hiboux, beaucoup de hiboux. La nuit est pleine de chuchotements. Tu te souviens du *Grand Duc* à la télé? *L'heure entre chien et loup a sonné.* Notre engouement pour les films d'horreur. Tu chasses et moi, je nage en eau trouble. Pour chasser l'ennui, la peine. Le souvenir de nos puériles querelles.

Vengeance! Vengeance! Pour toi, l'amant assassiné. Cesse de courir, ti-mousse, tu vas te casser la gueule. Défends-toi, bon sang. T'as beau être un doux, défends-toi! Je t'avais dit de ne pas courir, ti-mousse. Arrête de brailler et ramasse-toi. Tes copains cessent de te tabasser. Profites-en pour déguerpir. Sauve-toi! Sauve-toi! Je manque d'air. Reprends ton souffle de nageuse. Reprends ton rythme. Nage. Ne perds pas le fil.

Tu ne t'es pas défendu, mon tout doux. Tes copains t'ont simplement balancé dans le lac. J'étouffe de peine, je peine trop à faire cet exercice. Le cœur cogne de travers. Vais-je succomber à une attaque? Me noyer dans cette piscine devant tout le monde? Ce cœur a déjà flanché, flanchera-t-il encore? Pourquoi tu ne t'es pas défendu? Pourquoi? Vengeance! Vengeance!

Trente-six longueurs. Si seulement tu voyais le soleil inonder la piscine. La lumière qui entre par les grandes fenêtres est aveuglante. Le camp de chasse, la nuit. Toi, du fond du lac, vois-tu deux fenêtres éclairées de chaque côté de la porte, deux carrés de lumière dans la nuit?

Je déteste ça quand le laveur de vitre s'amène pendant que je fais mes longueurs. Sa raclette me donne la chair de poule. Toi, au fond du lac, tu frissonnes. Tu frissonnes tant. Vengeance! Vengeance! Chasseurs, tremblez dans vos bottes! Les canards assassinés vous picorent les yeux. Les canards vous picorent le nez.

Cinquante-trois longueurs. Regarde tes petits copains, leur fusil à la main, la peur dans l'œil. Regarde, l'éternel triangle de la chasse. Homme, chien, fusil. Mais ça ne me fait pas peur. Pénétrée du désir de vengeance, regarde ce que j'ai le pouvoir de faire.

Tu n'en crois pas tes yeux pleins d'eau, hein? Écoute. Les chiens aboient. Regarde. La meute se lance sur les maîtres. Les crocs des chiens dans la chair des maîtres. Elle frissonne, la meute. La frénésie du sang, tu comprends.

Un point de côté. Nage moins vite. Ajuste ton rythme. Ne te noie pas dans les bas-fonds de ton mélo. Remets-toi à flot. Du cœur au ventre, voyons! Tu n'es qu'à mi-chemin. Tes petits copains ne comprennent pas pourquoi ils ont dû abattre leurs chiens. Mais ce n'est que le début. Leur nuit d'horreur sera longue. Vengeance! J'adore ça, la vengeance! Même si tu désapprouves. Adrénaline, yes, sir!

Soixante longueurs. Vois-tu ce que tes copains découvrent, cloué sur la porte de leur camp de chasse? Le vois-tu? Un canard, les ailes déployées, crucifié.

Les vois-tu, tes copains? Leur fusil à la main, ils fouillent les bois avec leurs fanaux. Ils cherchent le témoin de leur crime horrible. Il faut toujours partir en chasse pour éliminer le témoin gênant.

Je les épie. Ils me poursuivent. Pas lourds, pieds bottés qui écrasent les feuilles sèches des bois. Essoufflement, craquement de branchages, hululement et tout le tralala. Démarre, démarre ! Bien sûr, c'était prévisible. À ce stade de la poursuite, il faut bien que le moteur cale. Ils sont sur moi. Démarre, démarre ! Et cette maudite crampe qui me coupe le souffle. Mon cœur ! Mon cœur !

Soixante-six longueurs. Tu ne vas pas abandonner à cause d'un point. D'ailleurs, il est au côté droit. Trouillarde, t'enfuir au lieu de les affronter !

Le gâteau aux pommes, oublié sur le siège de l'auto. As-tu faim au fond du lac ? Par la vitre baissée, un chevreuil sans yeux mange ton gâteau. Les spectres des canards picorent les miettes sur le siège. Je nage en pleine horreur et j'ai faim. Après la baignade, j'irai manger une omelette aux champignons. Empoisonner tes meurtriers avec des champignons vénéneux. Quel courant médiéval coule en moi ! Je nage et noie l'ennui de cet exercice qui me rebute.

Ils ont la frousse, tes copains. Entends-tu les animaux bramer, hurler, grogner ? Ils sont traqués, tes copains. Chasseurs sachant chasser sauront se faire chasser à leur tour.

Quatre-vingt-deux longueurs. Il est temps de leur donner le coup de grâce. Attends-moi, mon amour, je viens réclamer ton corps. Pêcheuse de perles, je plonge en apnée. Aveugle, je te cherche. Mes mains te cherchent dans ta tombe d'O. Tu flottes dans les profondeurs, les pieds dans la vase. Je pêche ma perle rare. Voilà, tu sais. Malgré nos petites querelles sur le pas des portes, mon cœur, un jour, défaillant, bat encore pour toi et je nage.

Quatre-vingt-dix longueurs. Foudroyés, tes meurtriers. Jamais plus, ils ne riront de toi, mon trop doux chasseur de canard. Ils ont vu ton spectre en rentrant de leur chasse infructueuse, le témoin de leur crime, volatilisé dans la nuit.

En rentrant bredouilles, dans le cadre de la porte qu'ils avaient laissée ouverte, toi, ils t'ont vu. Foudroyés de terreur, tes copains, en voyant ton spectre illuminé par la lampe de la cabane. Tes bras déployés comme les ailes du canard crucifié, tes bras dégoulinants de vase, ton corps couvert d'algues comme lambeaux de peau.

Quatre-vingt-quinze longueurs. Garde le rythme, ne perds pas le fil, nage. Ils étaient jaloux, Pierre, Jean, Jacques. Jaloux de toi, mon tout doux, parce que cette année tu as réussi à tuer ton quota de canards. Et eux sont rentrés bredouilles. Homme, chien, fusil. Il a fallu que ça claque. Il a fallu que ça jappe. Il a fallu tirer sur quelque chose.

Quatre-vingt-dix-neuf… Pourquoi tout le monde sort-il de l'eau pour s'élancer vers les fenêtres ? O ! H_2O chlorée ! Mon chum qui passe me prendre. De quoi tu te mêles ? Je ne t'ai rien demandé. Et encore dans ton costume de chasseur, ta vilaine casquette sur le crâne. Au moins, tu aurais pu laisser les pauvres canards à la cuisine. Et ti-mouse qui se marre ! A-t-on idée d'exhiber ton trophée de chasse en pleine ville ! Faudra plumer, éviscérer. Tu chasses, mon chum. C'est moi qui éviscère. Faudra les inviter, eux et leurs femmes. Canards à la Saint-Hubert, gâteau aux pommes, histoires de chasse et tout le tralala. Chaque automne, rituel incontournable. Le cœur me flanche à imaginer cette soirée-là.

Mais ton apparition, mon coco, m'a fait perdre le fil de mes pensées et, lié à ce fil, le nombre de mes longueurs. Et tu connais ma règle. Elle est stricte. Alors, chasseur sachant chasser saura patienter ou saura plonger. Quoi, ça t'embête ? De m'attendre ou d'apprendre à nager ? Est-ce que je t'empêche d'aller à la chasse, moi ?

Première longueur. Nage. Le cœur me crève de pitié en te sachant dans la rue à m'attendre, tes pauvres canards à la main, ta vilaine casquette la cible des railleries de ti-mousse, là. T'en fais pas. Je saurai lui clouer le bec. Même si tu désapprouves, mon cœur.

La conquête des sommets

Si je n'étais pas partie, je l'aurais tuée.
Tu es partie. Concentre-toi sur l'escalade.
Elle s'évertue à saboter mes projets. Trois fois son père et moi avons voulu faire l'ascension du mont Joffre. Trois fois, nous avons dû battre en retraite. Mauvais temps. Danger d'avalanche. Cette fois, le temps et la neige des hauteurs s'annoncent stables. C'est ma fille qui déclenche son avalanche.

N'y pense plus. Souviens-toi que tu portes au dos un sac de vingt-cinq kilos. Souviens-toi qu'aujourd'hui tu couvres onze kilomètres et gagnes six cents mètres d'altitude avant d'installer ton campement au lac Aster. Et demain, la montagne : dix kilomètres jusqu'au glacier et mille deux cents mètres jusqu'au sommet. Et puis la descente. Oublie ta fille pendant trois jours. Laisse la ville en ville.

Je veux escalader cette montagne. Même sans Ben. Je veux me rapprocher de ma fille. Même si elle ne me le permet pas.

Écoute les silences de la montagne. Rends-toi au rythme du pays sauvage, au rythme de l'effort physique.

L'effort physique, oui. Je frissonne, déjà tout en sueur. Le ciel est clair, mais c'est sombre autour du lac Caché, le soleil encore derrière les montagnes. Le lac Caché, un crachat au milieu des bois. Trois fois, Ben et moi avons contourné cet étang. Enjamber pendant un kilomètre tous ces arbres tombés et enchevêtrés le long de sa rive. La patience qu'impose le pays sauvage. Ma patience qu'éprouve mon ado rétive.

Lentement, lentement. Glisse à cheval le long de ce tronc. Prends garde de ne pas t'empaler. Demain, la montagne à escalader.

Demain, la montagne à conquérir. Ce matin, ma fille à affronter. Cinq heures. Ben et moi, nous nous levons. Nos sacs à dos préparés la veille sont dans le couloir près de l'entrée. Nous nous levons, elle rentre. Nous l'entendons se glisser par la porte du sous-sol. La montagne m'habite si complètement que je suis prête à ignorer son infraction. Mais elle est là dans la cuisine. Le visage mauvais, les mains pleines de sang. Elle hurle : Menstruel, maman ! Menstruel ! Je crois entendre : Ménestrel, maman ! Ménestrel ! Elle est ivre. Elle est stoned. Et moi, je suis prise du fou rire de celles qui n'en ont plus rien à foutre.

Tu n'es pas indifférente. Éreintée, oui, apeurée, oui, mais pas indifférente. Comme chaque fois que tu t'éreintes sur les éboulis des versants. Comme chaque fois que la peur te saisit sur une paroi verticale. Comme chaque fois que tu glisses vers le précipice avant d'enfoncer ton piolet dans la neige du glacier. Que tu sois seule, ou que tu sois avec Ben, tous deux attachés à votre corde, face à ta montagne, tu n'es jamais indifférente. Seule face à ta fille, tu es à bout de souffle. Jamais indifférente.

Elle hurle. Dans la belle lumière du matin d'été, elle hurle. Elle rompt l'équilibre des choses. Non, elle n'ira pas. Elle vient de se brouiller avec Pamela et nous la forçons quand même à passer trois jours chez les Johnson ? Elle aimerait mieux mourir. Non, elle ne viendra pas avec nous. Transporter un sac à dos à flanc de montagne ? porter les mêmes vêtements pendant trois jours ? Elle aimerait mieux se mutiler.

Tu as le fou rire. Elle croit que tu ris d'elle. Tu voudrais lui dire que toi aussi à quinze ans... Tu sais que c'est impossible. Elle se fout de ta mémoire.

Je suis ferme sur ce point. Elle ira chez les Johnson et en profitera pour se réconcilier avec Pam. Furieuse, elle change de tactique. C'est clair : je ne l'ai jamais aimée. Je ne m'intéresse qu'à mes maudites montagnes. Pour me prouver que je suis encore jeune. Je veux toujours me débarrasser d'elle. Pour garder son père à moi toute seule. Elle me hait, me hait, me hait. Elle crie à en perdre la voix. Ma fille est à l'âge de la haine. Une avalanche de haine ensevelit ma cuisine.

Attention à la boue. Ce n'est pas le moment de t'enliser et de te tordre un genou.

Ben est là. Devant la fenêtre, Ben est là. Conciliant, toujours. Impossible de laisser seule à la maison une ado de quinze ans qui se noircit les lèvres, se blanchit le visage et se perce le corps. Impossible de laisser seule à la maison une ado de quinze ans qui passe la nuit à un rave party et rentre à cinq heures du matin les mains couvertes de sang. La montagne attendra. La montagne attend depuis des millions d'années. Une semaine de plus… Mais moi, Ben, je n'ai pas l'âge des pierres. Je ne veux plus attendre.

Ce matin, ton conjoint a jugé nécessaire d'être le père de sa fille avant d'être ton compagnon d'aventures. Le père passera ces trois jours à Calgary avec sa fille.

J'élague et redistribue l'équipement des deux sacs à dos dans un seul, le lance dans le coffre et…

Ben pose la main doucement, si doucement sur la tienne. Il se tourne vers sa fille qui porte encore son masque de nuit. Il la somme doucement, si doucement, d'aller se laver les mains et de monter dans ta voiture. Ben vous suivra dans la sienne. Une heure et demie de route jusqu'à Kananaskis calmera vos colères. On n'escalade pas une montagne la rage au cœur.

Dans la forêt qui croît sur une pente raide, je m'oriente à la boussole afin d'émerger, à la limite des arbres, sous l'escarpement du mont Sarrail. Mon sac à dos s'accroche aux troncs. Je cherche dans la densité étouffante des conifères la moindre éclaircie qui facilitera ma marche. Je découvre des traces de mouflons et de cerfs-mulets et suis ces pistes de ruminants qui m'aident à passer l'épreuve des arbres.

Tu t'installes dans le moment. Tu te rends à la parfaite solitude de la montagne. De l'aube au coucher du soleil, être la seule humaine parmi les pics impassibles. Soudain, tu te raidis. Épouvante. Décharge d'adrénaline. Ah, c'est cette puanteur de charogne...

Le grizzly charge, gueule ouverte. Mon visage arraché d'un coup de griffe. Raclement des dents de l'ours contre mon crâne.

Grognements d'ours brun remplacés par...

Paroles d'homme. Si cet homme parle, c'est qu'il n'est pas seul. Des hommes me suivent? Je ne vois personne. Je flaire l'odeur mâle. Cette sueur musquée que les hommes exsudent dans le pays sauvage. Mais où sont-ils? Qui est cet homme qui parle si lentement et sans arrêt?

Souviens-toi ce matin dans le stationnement. N'as-tu pas remarqué le seul autre véhicule? Une camionnette.

L'inévitable pick-up, je m'étais dit.

Rappelle-toi. Deux hommes étaient adossés contre le capot. Un grand blond efflanqué parlait et vous dévisageait. Toi, Ben et ta fille. Un petit brun trapu se taisait et vous dévisageait. Toi, Ben et ta fille.

C'est vague. Parce que, en l'enlaçant, j'ai respiré l'odeur émouvante de Ben, parce qu'en faisant un geste vers ma fille, elle m'a rabrouée, parce que j'ajustais sur mes épaules mon lourd sac à dos, j'ai vite oublié la curieuse présence de ces hommes. Pourquoi me suivent-ils?

Femme seule dans le pays sauvage. Tu crois qu'ils t'épient? Puanteur de charogne dans la forêt. Le grizzly enterre sa proie pour qu'elle se faisande. Ne te mets jamais entre l'ours et sa proie.

Mon ado seule dans la ville la nuit. Odeur alléchante des proies, odeur musquée des prédateurs.

Oublie les jeux de ta fille dans sa brousse urbaine. Oublie l'homme qui parle dans la forêt. Tu es venue escalader le mont Joffre. Demain t'attendent glacier, couloir, arête, sommet. Demain, tu te soumets à la montagne. Oublie les deux hommes.

Nuit noire. Le vent catabatique, cette haleine des glaciers, descend jusqu'à ma tente et je crois entendre la plainte des animaux traqués. Je rêve à ma fille, tout de noir vêtue, en quête de sensations fortes dans les rues glissantes du rouge des néons.

Nuit noire. Ben se glisse dans ta tente. Il masse tes épaules tuméfiées par le poids du sac à dos. Il masse tes jarrets qui ont subi le gros de l'escalade. Il masse tes pieds torturés par les pierres. Ben se glisse dans ton sac de couchage. Il chuchote à ton oreille. Voix connue…

Voix inconnue. Je sens… Haleine de charogne. Je vois… Chair de proie à demi ensevelie. Je goûte… Crâne de mouflon noirci par les pluies. Je touche… Touffes de poil accrochées au tronc des arbres. J'entends… Cette voix qui parle et parle et parle.

Une peur subite te propulse vers le réveil. Une détonation tue la voix. Tu ouvres les yeux d'un coup. Nuit noire.

Le vent catabatique emporte leur présence jusque dans ma tente. Les deux hommes campent à proximité et garrottent ma liberté. Que me veulent-ils? Sont-ils ici pour se moquer de mon entreprise?

Hier midi, tu les as enfin repérés sous le puissant soleil de la canicule. Tu grimpais l'interminable escarpement entre la forêt et les chutes Fossile. Tu te retournais souvent pour te situer et pour mesurer jusqu'où tu avais progressé sur la pente.

Je me retournais aussi pour tenir à l'œil leurs minuscules silhouettes qui avançaient sous la face rocheuse. Sur le pierrier, je grimpais d'un pas et glissais de deux. Les éboulis des Rocheuses affinent ma patience, mon endurance. Ma fille de pierre use ma patience, ma résistance. J'entendais l'écho creux des pierres qui roulaient sous leurs pieds. Pourquoi me suivaient-ils? J'entendais le bouillonnement de sa voix, le grand blond, aussi intarissable que les hautes chutes Fossile.

Concentre-toi. Tu t'orientes vers l'ouest en longeant une saillie. Le poids de ton sac peut te faire perdre l'équilibre. Fais attention. Ta position est précaire, la chute longue.

J'ai avancé jusqu'à un élargissement de la vire. Pour ne pas perdre l'équilibre, j'ai appuyé les paumes sur la paroi rocheuse et me suis retournée. Ils avaient disparu. Aussi subitement qu'ils étaient apparus sur le talus.

Et au lac Aster, ils sont réapparus tout aussi subitement. Tu avais déjà installé ton campement. Bien choisi l'emplacement sur cette butte. Il n'était pas question... Depuis cette hauteur, tu les observais monter leur ancienne tente de toile sur la rive du petit lac de montagne.

Qu'est-ce qu'ils pouvaient bien faire ici? Ces deux-là n'ont ni la tête d'alpinistes ni l'équipement. Le grand blond est empoté et parle sans arrêt. Le petit brun taciturne a l'air positivement sinistre. Une sombre brute qui vit au fond des forêts. Plus tôt, assis sur une pierre, les jambes largement ouvertes, il se nettoyait les ongles avec son couteau de chasse, semblant ignorer son compagnon bavard.

Tu te lèves avant l'aube. Tu ne penses plus aux deux hommes. C'est le mont Joffre qui te préoccupe. Tu te vois déjà au sommet. Au milieu du jour, tu y seras, à trois mille quatre cent cinquante mètres d'altitude.

L'air est glacial, le ciel plein d'étoiles. Je vois filer un météore. Le réchaud siffle. Je mange debout, révise mentalement la route à escalader.

Tu fais des gestes précis. Tu suis la séquence exacte des préparatifs. Sous-vêtement, vêtement, survêtement. Bouteilles d'eau, nourriture. Crampons, casque, piolet d'alpiniste, piolets d'escalade. Baudrier, corde, broches à glace, pitons, mousquetons.

J'ajuste ma lampe frontale qui éclaire mon chemin en attendant que l'aube éclaire le ciel de l'est. Je descends jusqu'au lac et dépasse la tente de Langue-pendue et de Langue-dans-sa-poche. Langue-pendue parle dans son sommeil, preuve que Langue-dans-sa-poche ne lui a pas encore planté son couteau dans la gorge pour le faire taire.

Tu marches seule sur le glacier. Attention aux crevasses. Contourne celles que tu ne peux enjamber. Avec ton piolet, vérifie la solidité des ponts de vieille neige. Place tes crampons avec précaution.

Notre fille. À la tête de sa classe et délinquante. Un paradoxe pédagogique, paraît-il. Elle se laisse entraîner, nous assure-t-on. Comme si, riposte notre ado insultée, elle souffrait d'une carence en imagination. Moi aussi, j'ai eu mes années folles. Elle ne me croit pas. Elle tient à l'originalité de sa rébellion. À son âge, la vaste mémoire du monde n'existe pas. Je lui parle de François Villon. Voyons, maman! Un gars du Moyen Âge en collant? Ça pas rap'. Villon, mon héros de jeunesse, ma première et seule idole. Pour ma fille, ça pas rap'.

Tu grimpes seule sur le glacier. Sans Ben, tu grimpes sans l'assurance d'une corde.

Mes années rebelles, je les ai vécues à faire des escalades en solo. Ma fille non plus ne pense pas à la chute. Elle poursuit les hommes dans sa brousse urbaine. Elle les suit à la trace. À l'odeur. Un soir qu'elle était dans un loft, un halluciné avait fracassé toutes les fenêtres à coups de feu. Il tirait au-dessus de la tête des jeunes, écrasés de terreur sur le parquet. Pendant une semaine, elle s'est enfermée dans sa chambre et a noirci les pages de son journal. Même son téléphone est resté muet. Pendant une semaine. Ma fille se frotte au vide.

Escarpements et précipices. Ta propre géographie verticale. Toi aussi, tu côtoies le vide.

Au rave, ma fille s'est brouillée avec Pamela. Elles ont hurlé à cause de la musique à plein volume. Mon ado s'est faufilée dans la foule des jeunes qui dansaient à pleins gaz. Dans la rue, Pam l'a suppliée de rentrer avec elle. Pamela qui n'a pas encore conquis son vertige.

Tu escalades le glacier. Une exaltante peur te serre la nuque. La peur de glisser et de t'écraser sur les roches au pied du versant glacé. Tu avances avec mille précautions, repérant les crevasses, t'assurant de la solidité de tes crampons avant de déplacer l'autre pied. Tu continues la montée en empruntant un couloir à la roche friable et dans lequel persiste encore une langue de glace. Le vent qui se faufile entre les montagnes te pousse dans le vide. Le péril du vent.

Tu t'agrippes. Contre ton casque, le vent chante dans tes tympans. La peur des choses. L'exaltante peur des choses.

Ma fille téméraire quitte le rave sans Pam. Deux gars la prennent en chasse. Elle à pied, eux dans leur bagnole. Elle connaît sa brousse. Elle les entraîne dans une ruelle derrière la brasserie. Cul-de-sac. Elle connaît une issue. Pourquoi joue-t-elle à ce jeu ? Le kick, maman ! Le kick ! Euphorie de la poursuite.

Euphorie de la pure fatigue physique. Tu donnes des coups de pied dans la neige durcie pour te creuser un escalier d'escalade. Méfie-toi de cette corniche. Si tu y posais le pied, la neige risquerait de s'effondrer sous ton poids et tu t'écraserais contre le bleu du ciel. Tu t'arrêtes. À partir d'ici, tu seras sur la glace vive. Tu estimes cent mètres jusqu'au sommet. Tu troques ton piolet d'alpiniste contre tes deux piolets d'escalade. Pour reprendre ton souffle, tu enfonces deux broches à glace et tu t'y attaches. Tu regardes le pays démesuré.

Mon ado court vers le cul-de-sac. L'issue est bouchée par des planches. Proie violemment prise dans le filet des phares du 4 × 4.

Plus tu montes, plus le sommet s'éloigne. Le mirage de la montagne. Change de vitesse pour ne pas caler à deux doigts du sommet. Compte tes pas. Au cinquantième, tu fais halte. Lourdement appuyée sur tes piolets. Seule avec tes poumons en feu, tes muscles en bouillie, tu restes coite. Qui accueillerait tes plaintes ? Cette montagne de glace ?

Le moteur du 4 × 4 crie dans le cul-de-sac de la nuit. Les deux gars ouvrent leurs portières. Ils se dandinent en ricanant et s'empoignent la fourche. On va avoir du fun, ma p'tite sacrament !

Tu atteins le sommet. L'exultation de la victoire. Même sans Ben. Quoique mitigée, la victoire, parce que non partagée. Parce que d'avoir atteint le sommet n'est encore qu'une demi-réussite. Tu inscris ton nom et la date de ton ascension dans le carnet noir enfoui entre les pierres du cairn. Tu embrasses d'un coup l'immense panorama des sommets environnants. Tu ne t'attardes pas. Personne ne

*s'attarde sur les sommets. La descente en rappel. Suivie de l'intermi-
nable retour sur tes pas. En ce chaud après-midi d'août, le glacier
fond, sa surface traversée de torrents. Tu redoubles de vigilance à la
descente, consciente que la fatigue et l'impatience de te retrouver en
bas t'entraîneront à commettre des erreurs.*

Ma fille court le long de son issue bouchée. Elle trouve
une brèche. S'y faufile, s'y arrache la peau. Les gars la poursuivent. Encore un grillage de métal à escalader. Les gars
hurlent des injures, griffent leur proie. Elle atteint le haut
de la clôture, se déchire les mains sur les pointes acérées des
fils d'acier.

*Sur la moraine abrupte, du fait de la fatigue exacerbée par la
chute d'adrénaline après le climax, tu commets ta première erreur.
Tu perds pied. Déséquilibrée par ton sac à dos, tes mains griffent
la pierre rugueuse et tu dégringoles. La glissade est brève, l'arrêt
brutal. Tu te ramasses. Tes mains râpées, tes mains ensanglantées.*

Ma fille qui rentre de sa nuit, les mains pleines de sang.
Dès son retour de Kananaskis avec son père, elle s'est sûrement enfermée dans sa chambre pour écrire dans son journal. Nous roulions vers ma destination. Elle venait de me
raconter sa nuit. Pourquoi prendre ce risque? Elle hurle de
rire en ridiculisant mes montagnes. La mort, maman! La
mort, c'est pareil pour tout le monde!

*Tu descends trop vite le pierrier à n'en plus finir. Tu veux te fou-
ler une cheville? Pourquoi tout risquer? Ah... depuis une hauteur,
tu viens d'apercevoir Langue-pendue et Langue-dans-sa-poche qui
rôdent autour de ton campement.*

Que me veulent donc ces violeurs de solitude?

*Demande-le-leur. Tu empestes le succès. Ça devrait leur rabattre
le caquet.*

De retour à mon campement, mes rôdeurs se sont vola-
tilisés. Toutefois, leur odeur animale persiste dans ma tente.
Malgré ma profonde fatigue, un mal de tête causé par le
soleil et la déshydratation me tient éveillée. Et le vent passe la
nuit à souffler et mon esprit refuse de s'apaiser. Ils se jettent

sur moi. Langue-pendue parle pendant que Langue-dans-sa-poche me tranche la gorge avec son couteau de chasse. Je pense à l'infection. Après tout, il s'est nettoyé les ongles avec ce sale couteau. Le sang gicle sur mon sac de couchage. Je pense à Ben et à son grand chagrin. Le sang jaillit et mon esprit s'agite. Le sang sur les mains de ma fille.

Tu sors du bois, le visage brûlé, les mains déchirées. Tu sors du bois, hagarde et euphorique. Tu es imprégnée de l'odeur des montagnes. Tu ouvres les quatre portières de ta voiture pour aérer l'intérieur, mais tout te semble étranger. Trois jours en montagne et tu dois reconquérir ton monde. Tu dois tout entière t'apprivoiser.

Je retire mon sac à dos. On dirait qu'il me manque un membre. Pour la première fois depuis trois jours, je me regarde dans une glace. J'ai les cheveux hérissés, le visage rougi par le vent et le reflet du soleil sur la neige des hauteurs. J'observe mes yeux. Occupés par quelque chose de sauvage, mes yeux. Puis je les vois. Eux.

Rassemble tes affaires. Place ton sac à dos dans le coffre de la voiture. Ferme le coffre. Mange une dernière bouchée avant de rentrer en ville. Termine ta conquête. Accepte le simple plaisir d'être admirée de loin. Ils savent, tu sais. Ils savent.

Ils sont là, exactement comme ils étaient il y a trois jours. Adossés au capot de leur camionnette. Langue-pendue parle et me dévisage. Langue-dans-sa-poche se tait et me dévisage. Je n'ai pas la bravade de ma fille. Cet affrontement qui couve me décontenance. Une à une, je claque en les verrouillant les quatre portières de ma voiture. Quatre coups de fusil dans le midi calme. Quatre détonations et…

Tu as oublié la clé de ta voiture sur le tableau de bord.

Langue-pendue avance vers moi en se dandinant.

Tu vois, la dame, elle a fini par être en détresse. Rassurez-vous, ma p'tite dame. Je sais comment vous tirer du pétrin. Mais d'abord, j'ai besoin d'une étreinte.

Il m'embrasse à pleins bras. Langue-dans-sa-poche s'amène en lançant des regards meurtriers. Trois jours à les éviter et la chose se fera dans le stationnement à dix mètres de la route.

Tu deviens aussi bavarde que Langue-pendue. Tu racontes ta conquête en solo du mont Joffre. Tu leur expliques le truc du cintre pour déverrouiller les portières des voitures. Tu connais ce truc-là depuis l'âge de quinze ans. Tu as une fille de quinze ans. À quinze ans, les filles ont terriblement besoin de leur mère. Et puis il y a ton mari qui t'attend à Calgary.

Cal-ga-ry.

Langue-pendue répète len-te-ment le nom de ma ville. Il presse les paumes contre la vitre d'une des portières pour la forcer à descendre.

Tu penses: ne casse pas la vitre. Il y aura du sang partout. Sang du mouflon que déchirent les dents du grizzly. Sang sur les mains de ta fille à cinq heures du matin. Ton sang qui éclabousse le capot de ta voiture verrouillée.

Laissez, monsieur. Je vais me débrouiller.

On va vous l'ouvrir, votre portière. Vous dé-cou-ra-gez pas.

Len-te-ment, il va chercher un cintre. Un cintre dans son pick-up? Langue-dans-sa-poche sort son couteau d'une gaine de cuir fixée à sa ceinture.

Garde à vue ce couteau. Garde-le à vue.

J'aurais pas dû venir, confie-t-il, abattu. Y arrête pas de parler. On est en plein bois et y parle tout le temps. Y dit rien. Y fait juste parler. C'est le silence que je suis venu chercher dans ce pays de montagne. Vous comprenez ça, vous, le silence. Lui, y arrête pas de parler. J'aurais pas dû venir.

Cet homme, trapu et sinistre, tu t'en méfiais dans les montagnes reculées. Cet homme, petit et mélancolique, tu en fais ton complice dans le stationnement. S'il était dans ta cordée, c'est à lui que tu te fierais.

Len-te-ment, le grand blond revient avec son cintre et demande une autre étreinte. Mon complice le pousse et saisit le cintre. Devant ma voiture, les deux compagnons se bousculent et se querellent. C'est à celui qui ouvrira ma portière. Ce jeu dure. Je devrais, moi, m'emparer du cintre.

Non. Accorde-leur ce plaisir de te prêter secours, plaisir que visiblement tu leur as refusé en montagne. Regarde. Le bouton de verrouillage se soulève.

Je suis enfin libre. Libre de conduire vite en pensant à l'escalade, en me revoyant au sommet. J'ai hâte d'embrasser Ben qui m'attend. J'ai hâte d'embrasser ma fille qui noircit son journal. Dans ma hâte de partir, je les remercie avec effusion. Le grand blond fait des cérémonies.

Eh ! On va s'embrasser tous les trois.

Dégoûté par de tels transports, mon complice s'éloigne vers la camionnette. Je démarre.

Mon mari et ma fille m'attendent, j'affirme, si allègre, si légère.

Son mari et sa fille l'attendent, le grand blond répète, sans moquerie.

Il se dandine et parle en fixant les sommets.

Y en a qui reviennent jamais de là-haut. Des fois, on le sait même pas. Des fois, on saute par-dessus une crevasse et dans le fond y a les moins chanceux. Son mari et sa fille l'attendent.

Len-te-ment, il baisse les yeux vers moi.

Vous en avez de la chance, vous. Un mari et une fille. Moi, ma femme. Ça fait longtemps de ça. Votre fille, elle a quoi ? quinze ans, vous dites ? Ma fille aussi avait quinze ans. Elles sont rancunières à cet âge-là. Parfois, la rancune les marque à vie. Ça fait longtemps de ça.

C'est à mon tour de le dévisager. Il me salue de la main et, len-te-ment, va rejoindre son compagnon. Et il parle et parle et parle.

Précipitation(s)

Elle visite les salles. Les yeux rivés sur les malades. Ils la dévisagent. Elle s'arrête pour leur parler. Ils détournent les yeux. Elle passe sans plus les regarder.

Un jeune homme dans son fauteuil roulant soutient son regard. Il n'a plus de jambes.

Elle lui raconte son histoire. Un soir de tempête de neige, son mari regarde le téléjournal. Elle, comme d'habitude, s'affaire dans la maison. À la météo, comme d'habitude, elle se précipite. Elle se tourne vers lui. Il n'est plus dans son fauteuil habituel. Sur l'écran de la télévision, elle le voit apparaître. Il prend la météorologue en otage. Ils rient comme des fous en fixant l'œil de la caméra. C'est-à-dire elle. Toujours en riant comme des fous, ils s'enfuient vers des pays plus cléments. La neige envahit l'écran.

Le jeune homme observe calmement que plutôt que de l'étreindre, elle, son mari a pris ses jambes à son cou.

Quelle est son histoire à lui, le jeune homme amputé ?

Il marchait en forêt. Il y a eu de la foudre. Un arbre est tombé en travers de son chemin. L'arbre lui a écrasé les jambes. Le jeune homme est resté ainsi pendant cinq jours avant que les amis qui devaient l'accompagner parviennent à le trouver. C'est qu'il n'attend jamais les retardataires. Il était parti sans eux.

Il n'y a ni amertume ni résignation, ni dans sa voix ni dans ses yeux. C'est lui qu'elle choisit d'emmener chez elle. Il ne proteste pas. Il n'a nulle part où aller. Il ne marchera plus. Il apprendra à manipuler son fauteuil roulant et ne sera pas encombrant. Mais c'est définitif. Il ne veut plus marcher. Donc, inutiles, les jambes artificielles.

Dans le taxi, elle lui demande par quel nom il désire qu'elle l'appelle. En fait, désire-t-il qu'ils échangent leurs noms?

Il répond qu'un nom, c'est bon. Cela évite la confusion.

Il n'a pas à lui révéler le nom qu'il a reçu à sa naissance, précise-t-elle, ce même nom qu'il a porté jusqu'à ce que la foudre le frappe.

C'est vrai, apprécie-t-il. Sa vie a changé. Il peut bien changer de nom. Par contre, il reste intrinsèquement le même. Il n'aime pas jouer. Prétendre être un personnage. Il ne manque pas d'imagination. C'est qu'il se sent à l'aise dans cette peau qui renferme depuis sa naissance ses peurs et ses audaces, ses peines et ses joies, ses désirs et ses idées. Cette peau qui retient en lui le monde entier ne l'a jamais affligé. Pourquoi la flageller en changeant d'identité?

La question reste en suspens. Bien qu'un peu agacée, elle en est heureuse, car depuis son fauteuil roulant et sa sérénité, le jeune homme lui donnera les seules choses au monde qu'elle ne possède pas. Le silence et l'immobilité. Et surtout. Surtout. Comment comprendre ce mystère et, ainsi, ne plus tomber dans le terrifiant précipice de la précipitation? Elle l'aime déjà avant même que leur taxi arrive devant sa grande maison de calcaire.

Ils vivent ensemble dans la grande maison de calcaire depuis deux mois. Il a freiné la précipitation de sa compagne des centaines de fois. Dès le début, elle brûle de tout lui montrer, tout lui dire, tout partager, tout de suite. Elle part en coup de vent. Il reste immobile dans son fauteuil roulant. Loin dans la maison, elle se retourne. Si désireuse de connaître l'immobilité, elle revient vers lui, d'abord lentement, puis n'y tenant plus, au pas de course. Il ne la gronde jamais ni des yeux ni de la bouche. Il comprend son conflit. Ils ont tout leur temps, la rassure-t-il. Elle s'exerce. S'essouffle. Reprend son souffle. Recommence.

Elle part en coup de vent. Il subit patiemment ses courants d'air. Si désireuse d'apprendre le silence, elle interrompt le tourbillon de sa pensée échevelée, mais le flot de ses propres mots la gifle de plein fouet comme tempête de sable. Elle avance vers lui qui ne dit rien et tombe épuisée à ses pieds absents. Encore et encore, ils reprennent tout depuis le début.

Ils vivent ensemble dans la grande maison de calcaire depuis six mois. Vaillamment, chaque jour, elle tente de tempérer ses intempéries. Elle ne sait rien de lui. Ce n'est pas la question. Elle est heureuse de cultiver ce mystère. Sa fébrilité ne vient pas de son besoin de tout connaître de l'autre, mais de son désir inassouvi de se précipiter sur son histoire à elle.

Tôt un matin, le jeune homme sans nom permet à sa possédée de la précipitation de verser sur sa tête attentive quelques gouttes de son étrange vie. Elle gronde d'impatience. Attention! Une rosée, pas une averse. Elle promet. Elle sera tempérée.

Elle est une des rares personnes nées de l'argent plein les poches et qui ne sentent pas le besoin de tout dépenser. Elle n'est pas avare non plus. Et sait-il quoi? Cet argent hérité lui donne sa pleine liberté. Et sait-il pourquoi? Parce qu'elle est bureaucratiquement anonyme. Il sent la pression atmosphérique tomber. Il l'avertit. Trop tard. Elle est sur le point de lui révéler comment elle est arrivée à un si parfait incognito. Les nuages vont crever et il sera trempé jusqu'aux os. Il se met à l'abri en s'enfermant dans la pièce voisine. Elle s'abat sur la porte. L'averse se change en torrent, le torrent, en trombe. Il la laisse pleuvoir sans plus l'écouter.

Après la pluie, dans la grande maison de calcaire, le temps prend son temps à se remettre au beau fixe. Suivent alors des jours de grand vent. Il lui rappelle que l'immobilité et le silence sont un apprentissage ardu. Qu'elle doit faire l'effort de ne pas bouger, de ne pas parler. Elle le reconnaît, mais sa précipitation est une habitude invétérée. Qu'il lui donne le temps. Elle court d'une pièce à l'autre, elle, le chinook qui bouscule tout sur son passage. La maison est secouée jusque dans ses fondations.

Certains jours, seul dans un coin reculé de la maison, il sent si précisément le poids de l'arbre sur ses jambes écrasées que les larmes coulent malgré lui. Si par hasard elle passe en coup de vent et voit sa détresse. Instantanément. Elle ralentit sa rafale. Elle souffle une brise fraîche sur la déchirure et cela lui fait du bien. Tous deux vivent alors dans la quiétude et elle est toute transformée. Elle se raconte naturellement. Par bribes. Sans abuser du privilège.

Elle n'a pas à s'astreindre à l'acrobatie du placement financier, car son capital durera jusqu'à sa cent vingtième année. Elle se tait. Se tient immobile. Souffle doucement sur la déchirure. Laisse la chaleur du calme, la douceur du silence la pénétrer. C'est bon.

Mais mais mais.

La furie de dire la reprend. Il est trop épuisé pour la conseiller. Des pans de son histoire volent telles les feuilles l'automne dans la bourrasque.

Comme elle n'investit pas elle n'a pas à faire de déclaration fiscale comme elle peut tout payer de sa profonde poche elle n'a besoin d'assurance ni privée ni étatique comme elle n'a jamais dû travailler elle n'a pas de numéro d'assurance sociale comme elle n'achète rien à crédit des cartes de crédit elle n'en a pas comme elle ne voyage pas elle n'a pas de passeport comme elle n'a jamais été appréhendée ses empreintes digitales ne sont qu'entre ses mains. Elle est donc l'être le plus purement libre car elle est hors statistiques. Intouchable.

Elle pousse un cri. Non! Elle ne sera jamais pleinement libre. Tant qu'elle sera enchaînée à sa précipitation qui dérègle sa vie. Elle n'en peut plus de vivre avec ce vertige jour et nuit. Vivre jour et nuit au bord du précipice. Le jeune homme amputé et serein n'y arrivera jamais. Elle va tomber dans le gouffre. N'en sortira plus. Personne ne peut vivre dans sa tourmente. Tout le monde finit par la quitter. Même son mari. L'homme le plus indolent du monde a pris ses jambes à son cou. Même lui. Le jeune homme amputé qui possède le secret de l'immobilité et du silence. Même lui partira. Elle est libre comme l'air. Cela n'empêche pas qu'elle finira seule. Seule seule seule.

Il lui fait signe de s'asseoir à ses pieds absents. Ne bouge pas. Ne dis rien. Ne souffle plus. Calme plat. Mer d'huile. Après-midi de l'alcyon.

Ils vivent ensemble dans la grande maison de calcaire depuis dix-huit mois. Leur pratique de l'immobilité et du silence se poursuit chaque jour entre tempête et accalmie.

Il attend. Elle trépigne d'impatience. Il attend. Elle devine qu'il a des questions plein la bouche. Il attend. Malgré sa bonne volonté et après tout ce temps, elle est encore sujette à cette spasmophilie qui la fait s'élancer dans les couloirs. Se ruer dans les escaliers. S'agiter d'une pièce à l'autre. Parle ! Parle ! Sinon, c'est moi qui prendrai mes jambes à mon cou. Sinon, c'est moi qui t'abandonnerai malgré moi dans ma maison de calcaire qui s'effondrera sur ton fauteuil roulant. Parle. Parle-moi.

Un matin de pluie, il lui pose enfin une question. A-t-elle un médecin ? Si oui, elle a un dossier. Par conséquent, elle n'est plus sans identité dans le monde.

Elle crie de joie. Se précipite sur la réponse. Son médecin de famille est de la famille. Elle voudrait en dire davantage.

Il n'écoute plus. La vieillesse et les maladies compliquées lui voleront éventuellement son anonymat. Sinon, la mort, elle, s'en chargera.

Un après-midi ensoleillé et glacial, il lui pose une deuxième question. Cette maison lui appartient-elle ? Si oui, elle paie des taxes, elle paie des factures. Par conséquent…

Elle l'éclabousse de son grand rire d'enfant qui a réussi un bon coup. Tout est au nom d'un autre membre de sa famille plein d'indulgence à son égard. Elle verse l'argent de main à main et le tour est joué.

Une famille bienveillante, oui, mais qui garde ses distances. Depuis qu'il vit avec elle, elle n'a reçu la visite de personne. Elle n'a pas le téléphone et le facteur passe tout droit.

Une nuit de grand vent, il entre dans sa chambre et lui pose une troisième question. N'a-t-elle jamais considéré que, s'il y a mari, il y a contrat de mariage? S'il y a mari volage, il y aura divorce. Par conséquent…

Elle dort à poings fermés, mais de sa bouche pâteuse sortent déjà les mots pêle-mêle. Mariés. Simplement. Tout. Pas.

Il aurait dû le deviner. Il parie que le mari s'est servi dans le coffre au trésor avant de prendre son essor.

Un midi à table, il lui demande de lui raconter sa naissance. Une naissance, au moins, c'est inscrit quelque part.

Son incapable de calme et de mutisme avale son vin et vomit ses mots simultanément et s'étouffe à en râler. Il lui impose silence et immobilité absolus. Pour la première fois, elle voit dans les yeux du jeune homme la lueur tant redoutée. Cette lueur qui a traversé le regard de son faux mari avant qu'il prenne la poudre d'escampette. Cette lueur qu'elle reconnaît dans les yeux de tous ceux qui la quittent. Lui aussi, le jeune homme aux pieds absents, prendra ses jambes fantômes à son cou.

Elle s'alite et jure de rester couchée tant qu'elle n'aura pas atteint l'état parfait de silence et d'immobilité. De l'extérieur, rien ne bouge. Une gisante de calcaire dans son mausolée de calcaire. De l'intérieur, le jeune homme sait qu'elle subit sa plus violente tempête.

Typhon et tornade, cyclone et ouragan s'acharnent sur elle. Elle en sortira ravagée. Pourtant, son profond désir d'atteindre le faîte de l'immobilité, il conjecture, est sa digue la plus solide contre vents et marées.

La nuit, elle divague. Dans son délire, elle harangue la météorologue immune aux précipitations. Il veille son agitée.

PRÉCIPITATION(S)

Lui éponge le front. Surveille son pouls. Dangereusement irrégulier. Dans quelle zone de basse pression vibrionne-t-elle derrière ses paupières sautillantes? Il la caresse pour l'apaiser. Elle tressaille. Se précipite vers son précipice.

La tourmente calmit, mais pendant trois jours, elle s'enfonce dans l'épais brouillard qui plane entre sa dépendance à la précipitation et son besoin d'immobilité. Elle s'égare entre les deux pôles. Il a peine à l'orienter. Bientôt, elle sera perdue à jamais. Il la secoue pour la réveiller. Elle doit bouger. Il l'encourage à parler de cette naissance qu'elle meurt d'envie de raconter et sur le récit de laquelle naissance elle s'est étouffée. Contre son gré, mais parce que la situation est urgente, il précipite les choses.

À grand-peine, il la jette hors du lit. La traîne jusqu'à la salle de bains. Fait couler sur elle l'eau glacée de la douche. Lorsqu'il était prisonnier de l'arbre qui lui avait fracassé les jambes, la pluie qui tombait sur lui seule le maintint conscient et alerte jusqu'à l'arrivée de ses amis. La pluie lui sauva la vie autant que la foudre lui prit les jambes.

Nue sous la douche, elle revient au seuil des choses. Elle le supplie gravement de ne pas interrompre le récit de sa naissance. Cette naissance, source de sa parfaite invisibilité et de sa profonde tristesse. Après, elle le promet solennellement, elle apprendra une fois pour toutes l'indolence de la saison sèche. Il l'écoute avec tendresse et observe les doigts imprécis et puissants de l'eau presser la pierre ponce de ce corps qui tente sans se précipiter, espère-t-il, de renaître sous ses yeux.

Elle est née dans la maison de calcaire en pleine nuit de tempête. Elle s'excuse de ce cliché météorologique auquel elle ne peut rien changer. Toute la famille s'était réunie pour célébrer sa naissance. Une des sœurs de sa mère étant sage-femme, on ne s'inquiétait de rien, surtout que l'enfant arrivait à toute vitesse. Tu vois, dit-elle en frissonnant dans l'eau comme sous une pluie de novembre, son mal de la précipitation, c'est congénital. Il n'y eut aucune complication. Heureusement, car on n'aurait pu se rendre à l'hôpital et aucun médecin n'aurait pu franchir les bancs de neige ni survivre à la rafale. Elle est entrée dans la vie avec précipitation pour s'exposer aux intempéries qui durèrent tout l'hiver. Tous préoccupés par l'extraordinaire météorologie de cette saison-là, personne ne songea à faire enregistrer sa naissance. Par la suite, l'idée de cette omission amusa tant la famille qu'on décida de ne pas corriger la situation. Démographiquement, elle n'existe pas.

Il estime qu'elle a suffisamment parlé, surtout au sortir de sa fièvre. Il l'interrogera au sujet de l'école dans un mois ou dans un an. Elle est déçue, mais pour lui prouver sa résolution d'apprendre la patience indissociable du calme et du silence, elle consent tacitement. Elle se sèche et pousse le fauteuil du jeune homme. Pour la première fois depuis leur rencontre, ils partagent en même temps le désir de s'unir. Sans précipitation.

Au début, elle voulait lui montrer toutes les pièces de la maison de calcaire en même temps. Il a freiné ce tour guidé comme il freine, depuis, ses déluges et son impétuosité.

Aujourd'hui, il entre pour la première fois dans la bibliothèque ensoleillée qu'elle appelle la bibliothèque d'Alexandrie.

C'est ici, lui dit-elle, que ses tantes et ses oncles se chargèrent de son éducation. Enfant hyperactive au plus haut degré, elle n'a jamais mis les pieds à l'école.

Et son permis de conduire?

Elle n'en a pas. Avec sa maladie de la précipitation, son seul choix moral est de ne jamais se mettre au volant.

Reste la question du magot. Il n'a pas à le lui demander. C'est évident qu'elle ne fait affaire avec aucune institution financière. Où le garde-t-elle? Dans une cave suintante qu'on atteint par une porte secrète dissimulée dans un des panneaux de la bibliothèque? Dans un coffre-fort derrière un tableau? Sous son lit? Dans un immense sucrier? Dans un bas de laine géant?

Elle brûle de le lui révéler. En signe de son absolue confiance en lui.

Non. Un tas d'argent liquide, plus une héritière excentrique qui n'existe nulle part que dans cette maison de calcaire, plus un inconnu sans nom, sans jambes, sans le sou. Voilà une addition lourde de conséquences. Fini le jeu des questions.

Mais mais mais. Elle a une question. Une seule. Elle comprend son regard. Elle accepte donc de s'installer dans une autre saison de silence et d'immobilité.

Les saisons tournent plusieurs fois dans la grande maison de calcaire.

Depuis trois jours, ils sont emmurés par un blizzard descendu du Grand Nord. Elle ne s'est jamais sentie aussi calme. Elle n'a presque plus envie de parler. Mais il y a cette dernière question. Lorsqu'elle ouvre la bouche, elle reconnaît à peine sa voix. Un timbre nouveau, apaisant. Dehors, c'est la tourmente. À l'intérieur, ils habitent sous un climat lénifiant.

Cela l'effraie-t-il de vivre avec une non-entité?

Lui aussi a souvent rêvé de disparaître. Il s'imagine très bien vivre jusqu'à sa mort dans cette maison de calcaire. Il continuera à apprendre le bonheur qui n'est jamais acquis et, en même temps, le monde extérieur, vorace et enfantin, superficiel et cruel, ne le trouvera jamais. Malgré son jeune âge, il porte en lui suffisamment de mémoire qui lui durera, tel son argent à elle qui durera sans qu'elle ait à le placer, plus de cent ans. Quant aux connaissances qu'il faut cultiver et enrichir comme le bonheur, la bibliothèque d'Alexandrie lui donnera ce pouvoir et ce plaisir.

Le pacte est scellé. Sans contrat écrit. Ils vivront heureux dans la grande maison de calcaire, loin des bruits et du désordre du monde.

Mais mais mais. Ils n'atteindront le bonheur que si le jeune homme réussit ce tour de force. Lui apprendre à ne plus se précipiter. Elle sent encore le malheur prêt à frapper, telle la foudre en forêt qui écrase les jambes heureuses de marcher. Elle est loin d'être à l'abri. Une embellie n'est preuve de rien. Elle a précipité leur vie commune sans aucune considération pour sa vie à lui. À tout moment peut se former la tempête parfaite qu'elle ne saura essuyer. Malgré ce qu'il a déjà accompli, elle craint qu'il soit impuissant contre de telles forces.

Un jour, il n'en pourra plus. Il la quittera comme tous les autres. Il aura la nostalgie de son ancienne vie. Parce qu'une vie avant elle, il en avait une. Le goût des promenades en forêt. Des amis retardataires soit, mais des amis. Et quoi encore? Une famille? un amour? un métier? une maison? un permis de conduire? un enfant? une carte d'assurance-maladie? des souvenirs? un nom?

Il refuse de répondre.

Elle insiste. Il n'est pourtant pas entré chez elle nu. La seule part de lui-même qu'il a abandonnée à la porte sont ses jambes.

Mais lui, assure-t-il, ne prendra jamais ses jambes à son cou pour la quitter.

Tout dépend d'elle. Ne rien précipiter. Voilà mille mille fois qu'il le lui répète sans s'impatienter. Qu'elle cesse de courir. Qu'elle s'attende. Elle écrase encore de son pied anxieux le rythme lent de l'apprentissage de la vie à deux. Les relations précipitées. Celles qui s'essoufflent contre le vent meurent asphyxiées. Celles qui se lancent à fond de train s'écrasent, ensanglantées, contre le mur du mauvais temps. Ne pas viser le grand avenir. Ni le mois qui suit ni l'heure qui vient. Vivre lentement. Goûter chaque instant. Le mastiquer longuement.

Elle garde le silence. Réfléchit aux paroles du jeune homme. Le doute persiste. Et si son faux mari revenait bousculer l'immobilité et le silence qui s'installent doucement dans la maison de calcaire ? Paraît-il que lui et sa météorologue n'en sont plus au beau fixe. Depuis quelque temps, ils font tous les temps. Passent du soleil doré aux orages plombés. S'il revenait tout chambarder ? Elle sent la panique monter. Voit le précipice s'ouvrir à ses pieds. La vision avait disparu et voilà que...

Elle s'impose une séance d'apaisement sans que le jeune homme ait à la lui prescrire. Lorsqu'elle émerge des semaines plus tard, elle approche son maître du calme. Sûrement, ce temps déréglé que l'autre couple vit n'est pas dû uniquement à la précipitation ?

Lui, le jeune homme aux jambes fauchées, croit que oui. Particulièrement dans la météorologie. Il y a toujours des précipitations.

Surtout ne pas les craindre. Les plus gros orages sont les plus beaux. Il s'agit de les vivre à l'abri et, ainsi, éviter que la foudre frappe.

Mais alors, lui aussi, si complètement serein depuis qu'elle l'a trouvé à l'hôpital, est victime de sa propre précipitation. Ne s'était-il pas enfoncé en forêt plutôt que d'attendre ses amis ?

Non. Il avait marché lentement. Sans urgence. Il marchait en riant chaque fois que son pied écrasait une brindille. Il marchait en écoutant le cri de chaque insecte et le chant de chaque oiseau. Il marchait en humant la résine des sapins distillée dans l'air chaud. Il marchait en contemplant l'écorce rugueuse de chaque arbre. Il marchait en touchant la terre et l'humus. Il marchait en observant entre les branches l'arc du soleil dans le ciel. Il mâchait lentement et goûtait. Il était attentif. Il ne se précipitait ni au-devant de lui-même ni au-devant des choses.

Elle est heureuse qu'il le dise. Que serait-elle devenue si la précipitation avait été la cause de la perte de ses jambes ? Jamais il n'aurait pu s'improviser son maître du silence et de l'immobilité.

Les mois passent. Les années passent dans la grande maison de calcaire.

Les éclaircies entre le déluge de ses paroles durent de plus en plus longtemps. Elle goûte complètement ses silences. Les grandes tourmentes de sa précipitation l'assaillent de moins en moins souvent. Elle se coule profondément dans son immobilité. Apprend-elle le vrai silence? Apprend-elle le vrai calme? Ou bien, après une longue période de beau temps, sa tempête soufflera-t-elle avec une force décuplée? Avant que son doux jeune homme sans jambes ait le temps de se mettre à l'abri d'elle?

Le temps est si imprévisible.

Rouge Noël

Noël, je leur répète, c'est la fête de la lumière. Ma voix fend le silence installé entre la nappe bleue du ciel et les sommets enneigés des Rocheuses où j'ai emmené mes nouveaux amis salvadoriens faire une excursion en raquettes. Peu convaincu, Arturo baisse la tête. Lorsqu'on a passé comme lui cinq éternelles années à croupir dans un sombre cachot, à attendre chaque vingt-quatre décembre que ses geôliers lui annoncent son exécution, Noël devient à jamais la fête des ténèbres.

Violeta, sa jeune femme traumatisée par les spectres qui hurlent dans sa tête, murmure : La muerte. Pour elle, Noël, c'est la fête de la mort. Avant la guerra, avant la guerrilla, avant les pillages, avant les viols, avant les tortures, avant les enfants qu'on vend comme sacs de maíz, dans la vie avant, elle célébrait Noël en courant avec sa bande de sœurs et de frères sur la plage blanche entre le Pacifique et les champs de coton. Depuis, les rires se sont tus et seul demeure le grondement du ressac qui déferle sur un sable trempé de rouge. Cette violence sonore, c'est le cri déchirant des mortes et des morts. Ses mortes et ses morts, à elle, absurdement, obscènement arrachés à leur vie. Rojo. Ce rouge qui n'est pas le rouge de Navidad.

Sans ignorer les inguérissables blessures de Violeta et d'Arturo, je persiste à jouer auprès de ces réfugiés mon rôle de marraine. Surtout pour les choses de la vie quotidienne: tour du supermarché, visite à la banque, interprétation de la bureaucratie. Pour le reste… Je crois si peu en mon rôle.

Réparer l'irréparable? Pour reprendre l'expression d'ici, wishful thinking. Les optimistes, eux, affirment que même les plaies les plus profondes... On dit bien des choses. Que j'en aie le cœur ou non, j'ai accepté de les guider sur le chemin des vies qu'on reprend à zéro. De la famille, là-bas au Salvador, ils n'en ont plus. Mais ici, à Calgary, ils forment un noyau nouveau : Violeta, Arturo et leur toute petite fille Iñès. Dans ce pays de montagnes où nous marchons, un bien fragile recommencement.

Nous ajustons nos respirations à nos pas, à notre conversation. Je leur dis que pour des gens qui n'ont jamais vu de neige, ils ont le pied raquette ! Difficile à traduire. Raquettas ? Élevant la voix au-dessus du crissement de la neige sous nos pas, je les encourage à aller de l'avant.

Dès lors, vous n'avez plus à fuir, vous n'avez plus à craindre. Vous avez droit à la liberté et aux petites joies, aux succès et aux échecs, aux peines et aux déceptions, et même, si vous y tenez, à l'abrutissement de la vie normale. Vous avez droit à ces vies dites ordinaires que ni la guerre ni les terreurs quotidiennes n'interrompent.

Comme pour m'appuyer, Iñès rit, bien au chaud dans le porte-bébé sanglé sur le dos de son père. Oh ! joie des enfants encore intacts !

Arturo dit : Libertad. Puis, il répète l'aphorisme d'un autre réfugié, un Africain, celui-là : Le Canada, un grand pays libre et froid. Arturo frissonne de façon exagérée, ouvre les bras, incapable de saisir toute l'ampleur du pays. Sí, acquiesce-t-il, le pays est grand. Sí, le pays est froid. Pour la libertad, on verra.

Violeta fredonne un air de chez elle, son regard perdu dans la terrifiante immensité du pays montagnard.

Nous arrivons dans un pré alpin accroché à flanc de montagne. Dans la montée derrière nous, les empreintes de nos raquettes forment d'étranges dessins telles les foulées d'un oiseau exotique qui nous aurait suivis dans la neige avant de reprendre son envolée. Un phénix, peut-être.

Et j'imagine ces empreintes de pieds d'enfants dans le sable de ces plages, là-bas, désertes. Desiertas. Rojas.

J'installe la grande couverture sur laquelle Violeta assied sa fille.

Arturo me rappelle qu'au Salvador comme au Canada français, on célébrait la nuit de Noël, et minuit était le grand moment anticipé. Là-bas, on échangeait de simples cadeaux. Chiles, harina, azúcar, tortillas. Quelques denrées de base présentées dans un panier décoré de cellophane de couleur, porte-bonheur pour l'année qui venait.

Violeta réprime mal sa colère : un panier d'illusions. Ilusión! répète-t-elle.

Arturo pose une main légère sur la tête de sa fille.

Violeta et moi disposons les plats de notre festin. Nous nous exclamons. Ses papusa, de petites rondelles de masa garnies de viande, reflètent mes tourtières individuelles et ses frijoles mes fèves au lard. Les plats de Noël de par le monde. Voilà bien des solstices d'hiver que je n'avais cuisiné des plats bien de chez nous. De pays chaud à pays froid, de pays minuscule à pays immense, de la mer à la montagne, nos nourritures si différentes et pourtant si semblables comblent, le temps des agapes, le gouffre qui nous sépare. Un panier d'illusions, Violeta a dit.

Arturo hume l'air vif et sec. À Noël, au Salvador, on lançait des fuegos artificiales pour illuminer le ciel.

Je raconte qu'en Suède, pays de lointains ancêtres, pour annoncer la saison des fêtes, dès l'aube, la fille aînée allait d'une chambre à l'autre avec, sur la tête, une couronne de feuilles garnie de chandelles blanches allumées et distribuait aux membres de sa famille des brioches à la cardamome qu'on appelle lussekatter ou chats de Lucie.

Violeta dissimule les cheveux noirs de sa fille sous le capuchon de son manteau matelassé.

Je décris nos sapins de Noël avec leurs falbalas de verre et d'argent et de lumières multicolores.

Arturo plisse les yeux. Ici, observe-t-il en ouvrant les bras, vous n'avez pas besoin d'artifice. La luz embrase le paysage. Mais cette lumière est trop violente. Au pays tropical, la luz était diffuse. Dans les cachots, la luz était…

Y el espacio! s'exclame Violeta. Ce grand pays frigide et vide, c'est à couper le souffle. Là-bas, avant, on s'assemblait dans les maisons pour fêter. Toucher la peau de l'autre, sentir l'odeur de l'autre. On s'entourait de voix, de musique pour se convaincre que la vie était là. La vida qui bat. C'était avant, finit-elle en baissant les yeux.

Y el silencio! lance Arturo. Ce silence blanc qui rappelle celui des cachots. Ce silence-là, noir, afilado, acéré comme un couteau, juste avant les hurlements. Les cris horribles qui éclaboussaient ce silence de muerte, finit-il en pinçant les lèvres.

C'est à mon tour de broyer du noir. Quelle gaffe! Moi qui croyais bien faire en les invitant à prendre l'air dans ces lieux qui m'enchantent, justement à cause de l'immense solitude, justement à cause du profond silence. Pour eux, tout ici est excessif: la lumière, le bleu du ciel, le silence, les grands espaces. Pardon, pardon. Et je leur offre du cidre épicé.

Ils rient, polis, et m'offrent un verre d'horchata. Entre ma pomme au clou de girofle et leur amande à la fleur d'oranger, nous trinquons à leur paix bientôt retrouvée et à leur peur bientôt apaisée de mon grand pays de froidure et de libertad.

Violeta pleure. Ses spectres la harcèlent. Arturo la console du fond de sa propre tragédie. Je ne sais que dire. Je ne puis rien dire. Soudain, leur chagrin partagé se métamorphose en joie aussi tangible que l'air qui pique nos joues. D'instinct, ils ont tourné ensemble la tête vers leur petite Iñès qui, ébahie, mange de la neige à pleine bouche.

Le froid ne nous permet pas une longue halte.

Iñès dort, portée par son père.

Arturo rit chaque fois qu'une de ses raquettes dérape sur le dénivelé du sentier. La descente est abrupte.

Violeta, elle, n'oublie rien. Elle suit loin derrière et nous nous arrêtons pour lui permettre de nous rejoindre. Alors, elle sourit et nous révèle qu'elle s'amuse à marcher dans les empreintes de nos raquettes. Ce jeu qui demande de la concentration la ralentit. Puis ses yeux redeviennent sérieux et je crois comprendre que son invention est moins jeu que rituel.

Raquettes dans la neige. Pieds nus dans le sable. Blanche neige, blanc sablon.

Violeta se laisse encore distancer. Loin derrière nous, nous l'entendons chanter : sangre de tierra/sangre de cultivo/ sangre azul de tanto encarnado*.

Le phénix avait-il appris lui aussi à chanter son chant funèbre mélodieux lorsqu'il mettait le feu à son nid pour renaître en pleine lumière ? En plein solstice d'hiver ? Ou était-ce la lumière trop brûlante de son désert qui, chaque fois, le consumait ?

Raquettes dans la neige. Pieds d'enfants dans le sable. Blanc de blanc. Rojo.

---

*   Adapté de Erin Moure, *Little Theatres*, Toronto, House of Anansi Press, 2005, p. 10.

L'inauguration

Un

Les travaux ont duré tout l'hiver. Chaque fin de semaine, malgré tempêtes de neige et verglas, Marsault est venu de la ville pour travailler. Ses coups de marteau et le moteur de la scie circulaire éclaboussaient d'échos sonores le silence campagnard. Aujourd'hui, les mains sur les hanches, un chiffon sur l'épaule, il admire la décoration qu'il a restituée à la splendeur de l'été de ses dix-neuf ans.

Au mur derrière le comptoir, il a accroché un charmant panneau-réclame de Coca-Cola peint sur métal qu'il a déniché chez un marchand de bric-à-brac à Montréal. L'image illustre à la perfection son propre enchantement de jeunesse. Dans un canot automobile, deux belles filles en maillot de bain, les cheveux au vent, et un gars bronzé filent à vive allure sur un lac bleu. Une bouteille de la boisson iconique à la main, ils rient de toute la blancheur de leurs dents à la joie de l'interminable été.

Lui aussi avait connu le bonheur avec les belles filles des vacanciers qu'il invitait à faire un tour du lac dans son yacht comme on disait à l'époque.

À l'arrière de l'établissement, une dizaine de tables occupent une surface aérée où de larges fenêtres invitent les regards à s'attarder sur la forêt environnante.

Tant de fois il s'était assis à l'une de ces tables avec Jeannine ou Claudette pour boire un Coke et manger des frites, lui, grand, musclé et bronzé, elles, blondes, coquettes et prêtes à dire oui.

Comme au temps de sa jeunesse, il a gardé une aire de plancher libre pour que les jeunes puissent danser. Le juke-box, qu'il a fait réparer, trône dans un coin, grosse boîte à musique chromée et ruisselante de lumière. La collection des chansons est la même qu'en cette saison-là.

Quelles soirées tapageuses il avait passées à faire tourner ses blondes du moment, à les serrer contre lui pour ensuite les entraîner dans les sentiers obscurs pour les embrasser!

Il se laisse tenter et sélectionne *sa* chanson. Le petit disque noir se détache de la pile des autres disques rangés à la verticale, la manette le dépose sur la plaque tournante et...

La porte-moustiquaire grince sur son ressort, comme en ce temps-là, avant de claquer contre le chambranle. Pris en flagrant délit, il débranche la machine et pivote sur ses talons.

Colette le salue d'un geste du bras. Durant l'hiver, elle venait souvent lui faire la conversation, elle, givrée de froidure, lui, recouvert de sciure. Elle entre dans l'épicerie-restaurant, une main posée sur son gros ventre.

Dites donc, ça donne un fichu coup d'œil! Et à point nommé. Les gens arriveront en fin de semaine.

Vous croyez?

Papa est rentré ce matin et il dit que c'est déjà suffocant en ville. Ah! Tenez, c'est pour vous.

Colette lui tend un tube joliment emballé.

Un cadeau? En quel honneur?

C'est pour l'inauguration.

Marsault s'empêtre dans ses mots, alors qu'il prend son temps à dérouler l'affiche. Il ne comprend pas. Un jeune homme blême, affublé du tablier et du calot d'un cuisinier de casse-croûte, se tient au garde-à-vous devant la façade de l'épicerie-restaurant. Pourquoi lui avoir donné *cette* photo agrandie en affiche?

Ça vous plaît?

C'est que...

Un dimanche en février, selon son habitude, elle s'était arrêtée pour le saluer et pour couper sa promenade et la solitude qu'elle s'imposait pendant sa grossesse. Il venait de retrouver les cartes postales en noir et blanc que ses parents avaient fait imprimer par centaines. Une idée du père : souvenirs pour les estivants, publicité pour sa petite entreprise saisonnière. «Chez Marsault Casse-Croûte Épicerie Bière d'épinette maison», annonçait la légende au verso. L'idée n'avait pas marché et les cartes postales avaient été reléguées dans la remise.

Pendant que Colette s'amusait à regarder ces images d'une époque qui n'était pas la sienne, il lui racontait ses prouesses de jeune mâle populaire. Il avait brisé bien des cœurs, cet été-là. Non pas qu'il était un saligaud, mais, il n'y pouvait rien, il attirait les femmes sans bon sens. Colette approuvait et avouait qu'elle voyait bien pourquoi. Il réfutait : Oh, à mon âge ! Pourtant, sans le lui dire, il était touché dans son orgueil qu'une si jeune femme reconnût sous les rides et les cheveux blancs rarissimes les vestiges de ses attraits masculins.

Il s'empressait d'ajouter que les femmes chuchotaient entre elles — il en eut des échos — qu'il embrassait divinement. Colette encourageait ses confidences et il ne se faisait pas prier. Ce dimanche-là, dans un élan qui lui rappelait ses impulsions d'autrefois, il lui donna la collection de cartes postales. Pour la remercier de lui avoir permis de se souvenir.

Elle aurait pu choisir la photo avec ses parents devant la porte. Au moins, dans celle-là, le bâtiment est bien éclairé. Ici, la façade disparaît dans l'ombre des grands mélèzes, toute la lumière projetée sur le gringalet devant.

Je vous comprends, dit Colette. Certaines de mes photos d'adolescente sont impitoyables.

Non seulement il était chétif, mais comme cuisinier, je vous jure...

Il brûlait les patates frites ?

Et il était si maladroit avec la clientèle ! Les blagues à son sujet avaient fait le tour du lac.

Quel âge aviez-vous ?

Hein ? Âge ? Cet été-là ? Oh, dix, douze ans. Pourquoi ?

Dix ans ? Je ne pense pas. Même à douze ans, c'est jeune pour faire griller des hamburgers, pour faire des frites. L'huile bouillante, vous savez. Papa, dans son métier, a vu des brûlures horribles causées, justement, par l'huile à friture. D'ailleurs dans ce cliché, vous avez l'air plus vieux que dix, douze ans.

Mais de quoi parle-t-elle ? Elle est bien confuse, cet après-midi ! Puis il comprend. La méprise d'une femme enceinte. La solitude de l'hiver. Au fait, pourquoi a-t-elle choisi de s'isoler ? Surtout dans son état ? Elle ne parle jamais d'elle. Toute la conversation vient de lui. Alimentée en entier par cet été doré de ses dix-neuf ans. Et cet après-midi à l'orée d'un nouvel été, elle le regarde avec tant de plaisir, ses dents si blanches. Colette, si fière de son coup. Il n'a pas le cœur de la corriger. Il lance un petit rire qui peut être pris sur tous les tons.

C'est gentil, cette affiche. Mais ce n'était pas nécessaire.

Une inauguration, ça se fête ! Tout ça, c'est votre bébé, à vous.

Mine de rien, Marsault glisse l'affiche sous le comptoir pendant que Colette, les mains sur son ventre énorme, virevolte jusqu'au juke-box, tous feux éteints. Elle branche la machine qui, aussitôt, emplit la salle d'un rock effréné de la fin des années cinquante.

Colette se trémousse, la tête renversée, se déhanche, les bras ouverts. Des mains, elle invite Marsault à danser avec elle. Il raconte, ses mots scandés sur fond de rock and roll. Lui, danseur extraordinaire, les jambes flexibles comme du caoutchouc, le sens du rythme bâti à même ses hanches étroites, ses belles fesses rondes renommées dans tout le domaine, en jean, en pantalon blanc, en costume de bain,

sa musculature souple d'athlète-né, un corps à faire soupi-
rer, lui, la sensation de la saison. Toutes les filles, même les
femmes mariées, toutes s'arrachaient Marsault le samedi
soir, toutes réclamaient au moins une danse avec lui, toutes
brûlaient de l'embrasser, dans le noir des petits sentiers,
dans son yacht, toutes brûlaient de s'unir à lui. Colette l'invite toujours, les lèvres ouvertes sur ses dents éclatantes de
santé. Il refuse. Cela fait si longtemps qu'il n'a dansé.

Soudain, le rire de la jeune femme meurt et elle s'arrête
net, le corps droit, le souffle haletant. En état de choc, elle
fixe ses grands yeux sur lui. La chanson se termine sur un
coup sec de batterie qui semble à Marsault frapper comme
le marteau du juge. Coupable!

Qu'y a-t-il, Colette?

En guise de réponse, elle baisse la tête. Marsault remarque
sous la femme une mare d'eau. La pauvre a uriné sur son
plancher flambant neuf. Pourvu que l'urine n'endommage
pas son beau bois verni.

Danser dans votre état! Ne vous inquiétez pas, je vais tout
nettoyer.

Monsieur Marsault, je viens de perdre les eaux. Ici, chez
vous! Et à sept mois, c'est trop tôt. Beaucoup trop tôt.

Figé sur place, l'épicier la dévisage. Sous ses yeux, l'en-
jouée Colette de l'hiver se transforme, en quoi en ce début
d'été? Circé, Sirène, Furie...

Jeannine et Claudette en tête, le groupe des jeunes
femmes en vacances badinaient. Il régnait sur elles, prince
de la lumière. Il embrassait chacune sur la bouche pendant
qu'il les aidait à monter à bord. Elles s'entassaient dans son
bateau. Il fendait à vive allure le lac bleu, une main experte
et nonchalante au volant. Les filles, cheveux au vent, se lais-
saient porter vers l'île. Quel pique-nique! Quelle baignade!
Quelle splendeur dans les bosquets!

Pour se donner le temps de réfléchir, Marsault va chercher sa vadrouille et un seau d'eau. Colette est là devant le

juke-box, les jambes serrées contre sa vulve, les pieds dans les eaux de sa maternité. Marsault veut lui prendre doucement le bras, mais retient son geste.

Venez vous asseoir.

Il tire une des chaises vers elle et se félicite de ne pas avoir fait rembourrer les sièges. Puis il nettoie le plancher avec une délicatesse qui rappelle les chuchotements dans la chambre d'une mourante.

Allez vite chercher mon père.

Je ne peux pas vous laisser toute seule.

Ça va pour l'instant. Dépêchez-vous.

Marsault reste cloué sur place, la tête pleine de sable. Il se précipite enfin dehors, saute dans son auto. Il accélère dans un éclaboussement de cailloux.

Dès qu'il aperçoit la maison entre les arbres, il se met à klaxonner. Il saute de la voiture avant d'avoir engagé le frein à main. L'auto roule lentement vers le lac. Pris de panique, ne sachant où donner de la tête, il court en tous sens.

Alfred!

Il bondit sur le siège et freine. Il ne bronche pas tant qu'il n'a pas retrouvé son calme. Il frappe à la porte. Pas de réponse. Le temps passe. Il cherche, il appelle, la voiture d'Alfred est bien là, il ne voit personne aux alentours. Hors de lui, il décide de retourner au restaurant quand, au loin sur le lac, il aperçoit une chaloupe, un homme ramant tranquillement sur la surface lisse de l'eau.

Il met ses mains en porte-voix. Alfred l'entend et lève à bout de bras une corde sur laquelle des poissons sont enfilés. Marsault s'égosille et gesticule. Enfin la chaloupe vire de cap et Alfred rame plus vite. Marsault est sauvé.

Marsault et ses blondes rentraient au crépuscule, l'embarcation pointée vers le quai noir de monde. Les mères récupéraient leurs filles qui protestaient, elles n'avaient rien fait de mal, le beau Brummel riait de toutes ses dents blanches, les pères, sévères, hochaient la tête et lançaient des regards, ma foi, nostalgiques, en direction du bel adolescent, pense-t-il aujourd'hui à attendre que la chaloupe accoste.

DEUX

À l'épicerie, Colette n'est pas restée assise longtemps. Son ventre n'est plus que douleur incarnée pendant que l'enfant creuse son tunnel à coups de tête de pioche. Colette croise les cuisses pour l'avertir que ce n'est pas le moment. L'enfant refuse. Elle se tortille dans les chairs de sa mère. Elle doit se libérer du carcan de la chambre utérine. Elle veut s'élancer au dehors. Colette plaque les mains sur son bas-ventre, repousse l'enfant dans les replis de son corps.

L'enfant n'écoute pas. Elle continue sa longue plongée. Elle ignore les remontrances de sa mère. Que lui importe cette femme qui la serre de trop près. Ces murs de muscles et d'os, elle doit les défoncer pour émerger dans ce monde qui l'attire depuis des mois. Elle en a marre de flotter à la dérive. Elle s'ennuie à sucer son pouce. Elle ne supporte plus d'entendre le tam-tam maternel dont elle s'acharne à briser le rythme avec son propre cœur. Il est temps de naître à cette vie qui se déroule là-bas. Elle est pressée d'entrer dans ce monde-là. Alors, elle a fendu le barrage, elle a causé le grand déluge. Impatiente enfant qui veut voir, sentir, toucher, goûter, entendre à travers ses sens à elle, sans le filtre de sa mère.

Son cerveau est bien ancré dans la boîte crânienne, les petits pieds et les mains sont parfaitement formés. Tous ses organes sont prêts à s'engager dans la vie de l'autre côté de la paroi. Pourquoi stagner ici plus longtemps? Une voix, intangible et forte, parle à l'enfant du fond des temps, l'exhorte à s'ériger en pleine lumière. Avec un regain de vigueur, elle se débat pour se dégager de la chaîne qui flotte avec elle, autour d'elle, de cette chaîne qui risque de l'étrangler.

L'enfant pousse vers le bas. Colette la repousse vers le haut. Elle marche de long en large, s'agrippe à l'étagère, essuie ses mains moites sur sa jupe. Elle respire et se calme. Une vague de chaleur et de quiétude l'enveloppe. Bientôt, Alfred sera là. Combien d'anecdotes d'accouchements spontanés lui a-t-il racontées ! La voilà elle-même une de ces statistiques. Mais c'est trop tôt, beaucoup trop tôt. Que diable sortira-t-il d'elle ?

L'enfant donne un grand coup qui résonne dans tout le corps de Colette comme pour la défier. La douleur n'a ni commencement ni fin. Ses jambes ploient sous elle et elle s'écrase, entraînant l'étagère dans sa chute. Les boîtes de conserve roulent jusqu'à l'autre bout de la salle. Une boîte de soupe disparaît derrière le juke-box. Dehors, un pic-bois frappe le tronc du grand mélèze et semble tarauder le crâne de Colette tellement le bruit lui parvient amplifié. Une auto stoppe dans un grincement de pneus. Des pas précipités s'approchent de l'épicerie, la porte grince sur son ressort et se rabat avec fracas. Alfred est là.

Colette sent contre son dos la douceur du bois. Ses jambes sont ouvertes, béantes comme pour un rituel lubrique. Quelle parodie ! pense-t-elle, son imaginaire coincé entre fou rire et hurlement. Son corps n'est plus que tremblement de volcan terrassé par cette puissance de magma qui veut gicler hors d'elle. Elle ne résiste plus.

Elle fixe le plafond, le nez irrité par l'odeur de la pomme et du céleri. Toutes ces odeurs écœurantes d'épicerie.

Prends de grandes respirations et ne pousse pas. Pas encore, commande le père ambulancier.

Mais elle n'entend pas, n'entend plus.

Alfred examine sa fille. Le col de l'utérus est pleinement dilaté. Colette n'est que contractions continues. Elle n'a aucun contrôle sur cette naissance. Le fœtus se prend en main, dirait-on.

L'enfant vient, dit Alfred. Encore une poussée. Pousse, Colette. J'ai sa tête dans mes mains.

Les larmes qui tremblent dans les yeux de Colette transforment les angles des murs et du plafond en une fluidité douce et chaude. Un haut-le-cœur lui baratte l'estomac. Du vomi monte dans sa gorge. Elle crache pour éviter d'inhaler la matière dans ses poumons. Sa bouche s'emplit de l'acide de la pomme et de la fibre du céleri.

Puis cette chose déboule hors d'elle.

Tout est fini. Elle est vide, coquille sans importance.

L'enfant est là entre ses jambes, rouge de colère, brûlante du désir de saisir le monde et d'y mordre à pleines gencives avides.

C'est une fille, annonce Alfred à Marsault, ce dernier, affalé sur une chaise à l'autre bout de la salle.

Bien sûr que c'est une fille, réplique la jeune mère. Elle a le diable au corps, ma fille. Comment est-elle ?

Elle semble parfaitement formée. Aussi grosse qu'un bébé arrivé à terme.

L'enfant est étendue en dehors du ventre de sa mère, dans une chambre aux couleurs de sang et de suie. Elle est libre, à part entière, seule, unique au monde. Elle ne flotte plus au gré de son ennui. Les battements du cœur de sa mère, ce tambour qui vibrait sans cesse dans le noir, ne l'enveloppent plus. Pressée, elle est entrée dans la vie en coup de vent. Tout autour d'elle est feu, eau, air, mais la terre est toute à découvrir.

À l'aide d'une poire aspirante, Alfred évacue le mucus du nez et de la bouche de l'enfant. Brièvement, elle se retrouve à la renverse, dans cette position qu'elle ne tolérait plus dans son habitacle-coquille. Les poumons gonflés, elle proteste à grands cris qui imposent le silence au vent et au pic-bois. Elle finit par se calmer pendant qu'Alfred la sépare de la dernière amarre maternelle. Ensuite, il enveloppe l'enfant dans une douce couverture polaire et la couche sur le ventre de sa mère comme sur un radeau.

Approchez-vous, monsieur Marsault. Je vous présente ma petite-fille.

Marsault, blême comme un drap, avance contre son gré. Avec une lenteur diamétralement opposée à la vitesse de sa naissance, l'enfant tourne la tête et fixe sur lui des yeux noirs comme des trous. Il tombe, aspiré dans la spirale de ces yeux sans fond. L'enfant lui parle des débuts du monde, de ses débuts à elle, des années mortes qu'il essaie, lui, de ressusciter dans son habitacle-restaurant.

Elle s'insinue plus profondément dans sa mémoire ankylosée et il se laisse dévorer, lui, fine mouche victime de l'araignée qui vient de naître. Il voudrait détourner les yeux, mais sa volonté ne lui appartient plus. Vaincre les fantasmes, Marsault. Ces fantasmes qui rongent les humains depuis le début du monde. Ce grand déluge qu'elle a provoqué avant le temps, c'est sa manière de laver la bête humaine vulnérable et superstitieuse, vaine et arrogante qui se cache en elle. En lui? Oui, certainement en toi, Marsault. Réussir à regarder la réalité du monde en face sans frémir, sans craindre tes vieilles années. La comprendre, ta réalité, c'est l'apprivoiser.

Elle devra, à partir de ce jour, sans relâche, bousculer les règles si elle veut apprendre et comprendre. N'a-t-elle pas réussi à s'évader plus tôt que prévu de sa prison utérine? Surtout ne pas perdre de temps à vivre en vase clos, à tenter de retenir un faux passé, n'est-ce pas, Marsault?

Tu te souviens, Marsault, de Jeannine et Claudette? Tu as assez rabâché l'histoire de ta saison sans fin. Bien sûr, tu te souviens d'elles. Tu sais très bien que jamais elles ne sont montées dans ton yacht de gloire puisque ton père, soutenu à fond par ta mère, t'avait refusé l'argent pour l'acheter. Et les faire danser, ces filles superbes? Oui, sur les airs du juke-box dans ta tête. Jamais ces femmes n'auraient bravé le ridicule de sortir avec le fils de l'épicier. Et tu ne t'écroulais sur la plage avec le groupe des gars et des filles en vacances que dans tes rêves, alors que, vêtu de ton tablier et du calot exécré, tu suais devant le gril, les hamburgers te crachant leurs éclaboussures au visage.

L'enfant ferme les yeux et suce l'air comme le ferait un poisson dans l'eau. Marsault remonte la spirale et perd pied. Alfred le retient. Il reprend des couleurs, mais sa voix est lointaine, aiguë même.

Que faut-il faire maintenant?

Elles ont besoin de dormir. C'est tout un marathon, la naissance, même les naissances en sprint! Aidez-moi à les transporter à l'étage.

Colette s'est endormie aussitôt étendue dans le lit. À ses côtés, l'enfant respire avec ses propres poumons. Sans ciller, elle pose sur tout de grands yeux graves.

TROIS

Le silence s'est refermé sur la campagne. En redescendant, Marsault soupire devant le carnage qu'a subi son établissement.

Cette bande de voyous qu'il avait surpris en train de tout saccager, le jour où ses parents étaient descendus d'urgence en ville. Automatiquement, encore sous le choc de son hallucination, il remet de l'ordre. Il éponge la chaise sur laquelle la femme en train d'accoucher s'est assise et la replace contre la table. Il était rentré plus tôt que prévu d'une de ses balades en bateau. Les petits délinquants du coin se croyaient bien futés. Il n'y était pas allé de main morte! Il redresse l'étagère écroulée, replace la marchandise sur les tablettes, étire le bras pour récupérer la boîte de soupe derrière le juke-box. Le sang avait coulé. Il lave son beau plancher pour le débarrasser des souillures de l'enfantement. Sa chanson tourne dans sa tête. Tout en vadrouillant, ses hanches suivent timidement le rythme de la musique effrénée.

Alfred redescend.

Où est l'affiche, monsieur Marsault?

La Fiche? Il ne comprend pas.

Elles s'en fichent, l'enfant semblait lui dire. Elles, cet été-là, elle, cet hiver, toutes se fichent de toi, Marsault. Il respire un bon coup pour se remettre d'aplomb.

Alfred découvre l'affiche sous le comptoir et examine la photo à la lumière du jour qui entre, diffuse, par la moustiquaire de la porte.

Où la mettrez-vous ? Là, sur ce bout de mur. Les clients la verront dès qu'ils entreront. Hier et aujourd'hui.

Pas très bonne, cette photo, réplique Marsault. C'est à peine si on distingue la maison. D'ailleurs, Colette a fait une erreur. Imagine donc, Alfred ! Elle croit que ce morpion, c'était moi. Tu te rends compte ? C'est l'ado que mes parents avaient embauché quand j'étais petit. Ce n'est pas d'hier, tu sais. Je n'ai aucune idée de qui il était.

Alfred scrute le visage photographié. Il est persuadé que Marsault se paie sa tête. Ce jeune-là, c'est l'épicier tout craché.

Je parie que vous étiez populaire, hein ?

Populaire ! Oh, je ne veux pas me vanter. Mais oui, j'ai de très bons souvenirs de nos étés ici. Surtout, l'été de mes dix-neuf ans. Tiens, on va fêter l'événement, ajoute-t-il en levant les yeux vers l'étage.

Il plonge la main dans l'ancienne glacière remplie d'eau et en retire deux bouteilles qu'il essuie avec un linge blanc. Il les dépose sur un plateau tapissé de liège et ajoute une bouteille d'alcool et deux verres.

Rye et Coke, ça te va ?

Les deux hommes s'installent à une table et trinquent. Marsault jette un coup d'œil sur le panneau-réclame et sourit la bouche fermée pour cacher ses vilaines dents. Il boit. Alors qu'il se met à raconter son été des merveilles, un bruit attire son attention. Il écoute un moment et, sans plus tarder, se lance dans son récit.

S'il était homme à s'imaginer des choses, il aurait pu jurer avoir entendu l'enfant là-haut éclater de rire.

Nuit blanche avec gendarme

Un soir, ma sœur que j'aime beaucoup arrive chez moi en sang. J'examine son état lamentable : les bras éraflés, la peau des doigts arrachée, les jointures enflées, les jambes écorchées. Elle me regarde, les yeux fous : C'est à cause de ma nuit avec le gendarme.

Gendarme, gendarme, quel gendarme ? Je suis si énervé, je ne sais plus à qui me vouer.

Calme, calme, elle me demande à boire : J'ai soif. Si tu savais comme j'ai soif.

Les yeux fermés, elle boit boit boit. En extase. Après avoir tant bu, elle me raconte son histoire.

Ce jour-là, une impulsion entraîne ma sœur vers les montagnes. Au lieu de conduire jusqu'à Banff comme tout le monde, elle prend la route de Kananaskis, pratiquement aux portes de Calgary, mais une région qu'elle ne connaît pas. Elle qui ne s'est jamais intéressée à l'orographie ne peut expliquer ce qui l'a amenée là. Mais elle est là. Une montagne en particulier attire son attention. La fascine. La galvanise. L'attraction d'une seule montagne dans un fouillis de montagnes comme un seul homme dans une foule. C'est le coup de foudre.

Elle dit : Je contemple la montagne et, en un éclair, je sais. Je sais qu'il me faut la ligne verticale pour ne pas tomber. Je sais que la gloire est dans la ligne verticale. La gloire est dans le silence des pierres.

Je comprends ce qu'elle me raconte sans vraiment comprendre. Avant d'arriver à Calgary, elle était une grande insatisfaite, toujours mal dans sa peau. Une humaine errante que le vacarme du monde étourdissait. Si je comprends un peu, ma sœur, en voyant sa montagne, a diagnostiqué le mal qui la rongeait. Si je comprends mieux, elle a le vertige sur le plancher des vaches. Enfin, je comprends très bien que ma sœur a trouvé sa place dans les Rocheuses.

Tout exaltée, tout en sang, elle continue : Je n'ai plus à me chercher. J'ai fait cette découverte pendant ma nuit avec le gendarme.

Gendarme, gendarme, quel gendarme ?

Calme-toi et écoute.

Hypnotisée, elle grimpe. Elle n'a ni expérience ni équipement, pas même une goutte d'eau. Rien qu'un instinct, rien qu'une boussole interne. Pendant des heures, elle grimpe sur le pierrier. Elle n'a pas encore appris à évaluer une telle distance. Peut-être trois cents, peut-être six cents mètres au-dessus de la vallée. Elle ne sait pas. Si haut entre ciel et terre et à cause de la perspective agrandie, à ses yeux, les voitures sont comme des jouets qui roulent sur la route.

Elle escalade maintenant une arête en dents de scie. Constamment sur le bord du précipice, elle s'agrippe au calcaire qui écorche les bras, qui coupe les doigts, qui tuméfie les jointures, qui râpe les genoux. Six cents mètres au-dessus du vide, elle se cramponne, sûre d'elle, comme si le roc lui enseignait les astuces de l'escalade. Elle monte sur sa ligne verticale avec la même aisance que j'ai à marcher sur le plancher des vaches de ma cuisine.

L'arête qui mène au sommet devient si étroite que ma sœur avance à cheval, une jambe de chaque côté de l'arête, les pieds dans le vide. À l'imaginer, le cœur me grimpe dans la gorge, le vertige me prend, je tombe de ma chaise.

Je crie comme un perdu : Tu aurais pu te tuer. Es-tu folle ?

Folle d'amour, oui, et c'est pour toute la vie.

Je me relève, ramasse ma chaise et me rassois, la tête dans les mains. Toute la vie, je répète dans ma tête. Toute la vie, je répète dans mes mains. Toute la vie.

On arrive au gendarme. Sans transition, je passe du vertige au rire hilare. Je fais des farces d'abruti. C'est au tour de ma sœur de me croire fou. Pas fou. Soulagé. Ma sœur a rencontré un alpiniste qui connaît son affaire, un compagnon des hauteurs qui l'empêchera de tomber. Et puis sa nuit avec le gendarme. Je comprends tout. Une petite liaison — je l'espère bien liée à la corde d'escalade de son amant des hauteurs —, une petite liaison sur la ligne verticale, ce n'est pas dans un lit ou dans le foin. Une nuit d'amour sur la roche, ça laisse des éraflures et des coupures. Je ris et ris, soulagé, si soulagé.

De plus en plus d'Européens viennent escalader dans nos Rocheuses parce que leurs Alpes grouillent de monde et ils doivent grimper à la queue leu leu. Sur sa montagne, ma sœur rencontre un Français. Rien d'étonnant, puisque c'est un Français qui a inventé l'alpinisme. Donc, pourquoi pas un gendarme français ascensionniste en vacances dans nos Rocheuses?

C'est au tour de ma sœur de rire : Bien non, nono. Un gendarme, c'est un grand piton rocheux qui bloque le chemin.

Bien sûr, je sais qu'un gendarme, en terme d'alpinisme, c'est un grand piton rocheux qui bloque le chemin. Mais ma sœur, elle, comment le sait-elle? Et puis je désirais tant qu'un être de chair et familier de la grimpe la protège. Je désirais tant qu'elle ne soit pas seule avec sa montagne.

Je demande, sans rire : Un piton rocheux? Il est grand comment ton gendarme de pierre qui bloque ton chemin?

Grand comme un homme. Grand comme un géant.

Tu ne peux plus grimper. Peux-tu redescendre?

Je ne suis pas montée jusque-là pour reculer au premier obstacle.

Qu'est-ce que tu fais, alors? Avec ton gendarme grand comme un géant? Debout sur le bord du précipice? Qu'est-ce que tu fais?

Ma sœur garde le silence longtemps longtemps. Dans ma cuisine, le soir commence à boucher la fenêtre. Ma sœur et moi assis dans le noir, tous deux silencieux.

Enfin, elle parle : De l'autre côté du gendarme, la crête est encore assez plate. Mais plus loin, elle monte à pic. La lumière diminue. Pour continuer, je devrai attendre le jour. Par contre, il me faut contourner le gendarme avant le coucher du soleil. Vois-tu, c'est mon initiation à la ligne verticale. Si je passe l'épreuve, je sais que le lendemain j'irai jusqu'au sommet. D'abord, je dois avoir des relations intimes avec le gendarme.

Dans d'autres circonstances, je ferais encore des farces de nerveux. Mais dans le noir de ma cuisine, dans le noir qui tombe sur la crête rocheuse où ma sœur est juchée, je suis trop ému pour rire. Une initiation à la ligne verticale, où cela la mènera-t-il ?

Dans ma cuisine noire, ma sœur parle tout bas. Avec sa voix des grands secrets. À la fenêtre, Calgary retient son souffle. On pourrait entendre voler une mouche, sauf que même les mouches n'osent pas voler. Ma sœur sans expérience, sans équipement, sans partenaire, ma sœur que j'aime beaucoup, pour contourner son gendarme, doit s'exposer au grand vide.

Elle raconte : Je mets les bras autour du gendarme. J'allonge la jambe gauche et, du côté exposé au vide, je pose mon orteil sur une minuscule saillie. Pour continuer et atteindre l'autre section de l'arête, je dois faire un petit saut.

Sauter dans le vide ? Es-tu folle ?

Le cœur me flanche. Faire un *petit* saut ! Et quoi encore ? Faire le saut de l'ange ? Faire le saut de la mort ?

Ma sœur poursuit, calme calme : Je dois faire un petit saut pour déplacer mon gros orteil gauche et libérer la saillie pour y poser le bout du pied droit. Ensuite, avec mon pied gauche, je cherche à tâtons un point d'appui sur la crête de l'autre côté du gendarme.

Sauter dans le vide. Chercher à l'aveuglette. Il n'y a plus de doute. Ma sœur est folle. La montagne lui est montée à la tête. Elle rit et dit : J'étreins mon gendarme de toutes mes forces. Notre union est très, très intime. Je fais l'amour avec toute une montagne au coucher du soleil. J'en suis certain. Ma sœur est atteinte du mal des montagnes. La désorientation, l'œdème du cerveau, la mort bientôt. Sur ma chaise, au comble de l'énervement, je grouille comme un ver. Une fois de plus, le cœur me flanche. Je risque de tomber raide mort dans ma cuisine noire des grands secrets, alors que le gendarme, nul doute, reste de pierre dans toute cette affaire.

La lumière faiblit. Le paysage s'aplanit. Ma sœur fait un pauvre petit pipi avant de s'attacher au gendarme jusqu'à l'aube. Puisqu'elle n'a pas de corde d'escalade, je n'ai aucune idée avec quoi elle s'attache.

Je demande : La nuit devait être longue ? Noire ? Tu devais avoir soif ? Froid ? Tu devais avoir mal partout ? Peur ?

Dans l'obscurité de ma cuisine, je la vois encore arriver tout en sang.

Elle dit : Tu connais mon impatience. Je m'imaginais que l'aube n'arriverait jamais. Mais non. La nuit file. Tu vois, ma patience s'aiguise déjà sur les pierres. Savais-tu ? La pierre se reproduit la nuit. Plus j'enlevais de cailloux sous mes fesses, plus il y en avait. Même sans lune, la nuit ne devient jamais noire parce que le ciel est un blizzard d'étoiles. Une de ces nuits blanches comme jamais tu n'en passes en ville.

Dans ma cuisine, ma sœur boit. Cette soif qui ne s'étanche pas. Oui, là-haut pendant la nuit, elle souffre de la soif. Dans le mirage des étoiles, son gendarme lui fait signe de lécher la pierre, de lécher le filet d'eau qui suinte à la surface du calcaire. Sa soif s'apaise quelque peu comme si coulait dans sa gorge enflée une écharpe de soie.

Tout d'un coup, le vent se lève. Un vent à déloger les pitons rocheux, un vent d'enfer qui risque de la pousser dans le vide. Elle se met à grelotter, elle gèle comme un rat. Son gendarme murmure dans le mirage du vent. Le roc se réchauffe comme en plein soleil. Son gendarme dur et froid devient tendre et chaud. L'amant idéal, ma sœur insiste. Moi, sur ma chaise, je grelotte d'émotion.

Voilà que des rats s'amènent. Des rats à queue touffue. D'où sortent-ils? Mystère. Ces rongeurs des hauteurs grignotent les cordes d'escalade, mais ma sœur n'a pas d'équipement. Alors, le vent et les rats se font messagers de la montagne. En une nuit, ma sœur apprend tout de l'escalade. En une nuit.

Pendant que la pierre pousse, son gendarme monolithe raconte des histoires de montagne. Avec sa voix monodique de vent, il chante les montagnes à escalader. Elle répète les noms pour les mémoriser, pour les sacraliser. Une litanie qui dure toute la nuit. Il lui chuchote ces secrets jusque dans le cœur. Il lui grave ces évocations rupestres sur la peau. Pendant que la pierre pousse, son amant pétrifié séduit ma sœur avec la science de la montagne.

Elle me dit: Je n'ai jamais été douée en amour. Rendre un gars heureux. Comprendre ses silences. Rire avec lui sans rire de lui. Pas m'impatienter chaque fois qu'il laisse tomber des miettes sur le plancher.

Pour échapper à une vie à balayer les planchers, ma sœur tombe amoureuse d'un gendarme de calcaire, ma sœur tombe amoureuse de la ligne verticale. C'est ce qu'elle appelle la séduction du pays sauvage. Toujours le même, toujours changeant comme le meilleur amant du monde.

À mon tour, je murmure: Et la peur? Qu'est-ce que tu fais de la peur?

Elle dit: La peur est aussi forte que le vide qui aspire. La peur, c'est une petite flamme bleue qui danse sur la pierre à côté de toi. Le vertige gruge ta résolution mentale comme le temps une forteresse qui a tenu mille ans et qui s'effondre en une seconde. Mais là-haut, tu ne penses pas au vertige.

Tu ne penses pas à la chute. Tu te concentres. Pieds-doigts-respiration. Là-haut, tu n'es plus distraite. Toute ta concentration danse sur une pointe. Je murmure encore : Et la peau en sang ? Sûrement, la peau en sang ? Elle dit : Ton corps n'existe plus. Tu n'as plus de peau, tu n'as plus de vessie, tu n'as plus d'estomac. Même ta soif, tu ne la sens pas. Ton centre de la douleur est fermé pour la journée. Et tu grimpes. Là-haut, tu apprivoises la peur et le vertige. C'est le vertige amoureux. Tu es prête à tout pour rester dans le sublime. À quoi renoncer, jusqu'où aller pour être dans un tel silence, pour être dans un tel état d'esprit. Il y a de la joie dans cette gymnastique verticale. C'est danser collée collée avec toute une montagne.

Dans ma cuisine noire comme le poêle, mort de vertige, transi d'émotion, je l'entends encore chuchoter : Je suis là-haut pour rester, accrochée à ma ligne verticale. Je suis amoureuse d'un gendarme de pierre qui me parle de choses secrètes.

Dans ma cuisine noire comme le poêle, j'entends ma sœur respirer. Même si elle est partie depuis longtemps, je l'entends respirer. Je sais que, ce soir-là, elle était venue me faire ses adieux.

Il y a cinq ans de cela.

Je n'arriverai jamais à surmonter mon vertige. Mais vous, si vous allez dans les Rocheuses, si vous sentez la séduction du pays sauvage, si vous entendez le vent chanter entre les pierres, c'est peut-être ma sœur qui vous parle. Elle est peut-être toute la montagne.

Quand vous redescendrez sur mon plancher des vaches, j'aimerais bien que vous passiez chez moi et veniez me parler d'elle.

Une très vieille femme

Pour Madeleine
et à la mémoire de Marcelle

Brains are not such a drag on the market
that they should be deactivated prematurely.

JOEL HILDEBRAND*

Maddie a voulu dormir pour calmer son impatience. Mais sa conscience aux aguets flotte tout près de la surface du sommeil sans jamais y sombrer. À travers la ouate de cette demi-veille, elle perçoit le monde concret de son appartement. Soudain, elle s'effondre dans un trou noir, rebondit comme un ressort, le corps tendu, le cœur anarchique.

Elle ouvre les yeux et se lève lentement. Il est vingt-trois heures. Dans une heure, l'an 2000 sonnera et Maddie aura cent ans. La nation la surnommera la première centenaire du nouveau millénaire comme, cent ans plus tôt, son village l'avait baptisée la fille du siècle.

Devant son miroir, elle étudie son visage franchement, sans peur et sans reproche. Elle tapote le vieux chamois diaphane de ses joues et rythme sur ce tambour à la singulière résonance un air inventé dont elle varie la tonalité en ouvrant et en fermant les lèvres. Sonate pour femme seule qui n'en finit plus avec la vie. Elle retouche sa coiffure que

---

* Professeur de chimie à l'Université de Californie à Berkeley pendant 69 ans; même après sa retraite en 1952, il a continué à travailler jusqu'à sa mort, à l'âge de 101 ans.

l'oreiller avait aplatie, ses beaux cheveux argentés où se cachent encore dans la masse des bouleaux blancs quelques mèches d'un acajou riche et ancien. *La même femme, celle d'antan et celle d'aujourd'hui, qui se chauffe de bois différent!* Ses yeux presque noirs et ô combien diminués! la défient derrière les lentilles épaisses de ses lunettes démodées. Elle salue son image d'un air moqueur, puis se dirige vers le salon.

Plus tôt dans la soirée, elle s'est composé un îlot de lumière et de fête contre la fenêtre panoramique qui s'ouvre sur les nuages descendus au niveau de son appartement du centième étage. Les lumières roses et orange que la ville lance à l'assaut du ciel se reflètent sur ces nuages et leur donnent couleurs d'aurore et de crépuscule. Sur un guéridon antique, étranger dans cette pièce qu'elle avait aménagée au diapason du siècle qui s'amorce, au diapason du goût de vivre qui l'habite, Maddie a placé deux flûtes à champagne, un seau à glace, un plateau de friandises, quelques serviettes de papier aux couleurs de Nouvel An et deux chandelles qu'elle allume d'une main un peu tremblante.

Elle s'enfonce dans le gros fauteuil, qui détonne dans son choix de décor, mais s'harmonise avec le guéridon, et choisit une truffe au chocolat. Elle jette un coup d'œil sur l'album de photos anciennes extirpé d'un tiroir rarement ouvert. C'est pour demain. Elle le lance à l'autre bout de la pièce, en dehors du globe de lumière et de fête. Demain, la ministre du Patrimoine des Aînés s'amènera avec sa cour de journalistes et de photographes pour rendre hommage à la vénérable Maddie.

Six mois plus tôt, Maddie recevait un coup de téléphone qui avait interrompu sa lecture du tome 1 de *La vieillesse*. Prise au dépourvu, elle avait accepté qu'on fasse d'elle une vedette nationale. Vous serez le symbole de la vie qui se prolonge dans le futur, la première femme à avoir vécu d'un bout à l'autre du siècle le plus significatif de notre histoire, avait insisté l'assistant de la ministre. Il poursuivait ses explications en haussant le ton de plusieurs décibels, signe qu'il présumait que la vieille était sourde comme un pot. Cette conjecture n'eut d'autre effet que d'écorcher l'oreille de Maddie. Certes, son ouïe n'était plus celle de ses cinquante ans, mais elle le pria, *s'il vous plaît*, de parler plus bas. Il ignora sa requête, ce qui fit conclure à Maddie que l'homme, sûrement, était dur de la feuille. Aux clarifications qu'elle lui demandait — Comment ? Vous dites ? Je ne comprends pas —, il répondait en articulant chaque syllabe, toujours à plein volume, et répétait tout deux ou trois fois, convaincu que la dame souffrait de démence sénile. Maddie ne pouvait concevoir alors à quel point son nouveau rôle viendrait bouleverser et son appartement et sa vie tranquille.

Néanmoins, elle s'était pliée de bonne grâce à la métamorphose de son intérieur, au déferlement des répétitions, lesquelles il jugeait essentielles pour créer un spectacle spontané, et, surtout, à cette image distordue dont on l'avait affublée et que les organisateurs appelaient sa personnalité. Mais cette image publique, qui allait être télédiffusée à l'échelle nationale et simultanément transmise partout dans le monde — sur In-ter-net, si le problème du Y2K... oubliez ça, madame —, ne correspondait que vaguement à la vraie Maddie.

Le premier acteur à se présenter à l'appartement du centième avait été un jeune contractuel doté d'un goût prononcé pour les vieilles choses. À vingt-cinq ans, sa nostalgie d'un passé qui ne pouvait avoir été sien le poussait à poser à la vieille femme des questions sur son enfance et sa jeunesse dorées — Ah ! L'époque du roi Édouard VII et l'ère des pique-niques ensoleillés ! — puis sur sa vie modèle d'épouse et de mère durant la Dépression des années trente — Indubitablement, l'époque la plus poussiéreuse du siècle ! —, renseignements indispensables qui seraient inclus dans le message de la ministre l'après-midi du grand jour. Chaque fois que Maddie tentait d'exprimer une opinion sur l'une ou l'autre des époques de sa vie, invariablement, le jeune homme ramenait la conversation au domaine domestique. Avec tact, il expliquait que l'événement était conçu comme une fête de famille dont il fallait éviter de gâcher l'atmosphère en abordant des sujets sérieux. Maddie se doutait bien que ce qu'il évitait de dire était qu'à l'aube du troisième millénaire on se moquait comme de l'an quarante des idées d'une centenaire sur la situation mondiale ou, même, sur la vieillesse. Ce qu'elle n'a jamais compris est qu'il ait omis dans sa recherche biographique les décennies les plus emballantes de sa vie, soit celles depuis son veuvage. Trente ans balayés sous le tapis, trente ans intentionnellement passés sous silence.

Ensuite sonnèrent à sa porte l'animatrice et le producteur du documentaire. Ils étaient venus s'enquérir du décor dans lequel l'équipe de tournage aurait à travailler. Le producteur s'était exclamé devant la simplicité et la fraîcheur presque juvéniles de l'appartement.

Où sont vos photos de famille ? vos bibelots, vos souvenirs ?

Mais je n'ai rien de tout ça.

Ça ne va pas du tout, madame ! Cet appartement ne vous ressemble pas. On dirait que vous habitez chez… chez votre arrière-petite-fille.

Sa remarque ne dissimulait aucune insulte à l'égard de Maddie. Il était sincèrement déçu de ne trouver là aucun des objets dont s'entourent inévitablement les vieilles personnes, ces objets en trait d'union avec leur passé.

Mais vous devez avoir des souvenirs, s'enquit l'animatrice qui regardait partout et prenait des notes. Tout le monde a des souvenirs. En cent ans, on en accumule des choses !

Maddie sourit, un soupçon d'énigme suspendue au coin des lèvres.

Ces souvenirs-là ne tiendraient jamais dans un bibelot. D'ailleurs, il s'agit moins de souvenirs…

Comment leur expliquer qu'elle se tournait vers le passé pour mieux comprendre le présent et anticiper un avenir viable en dépit du poids de l'histoire et du chaos de l'actualité? Comment leur expliquer qu'il ne servait à rien de s'attendrir? Plutôt, elle leur remit son seul et unique album de photos, illusoire distillation de toute une vie.

Voyez! conclut la jeune animatrice. Tout le monde a des souvenirs.

Elle ajouta pour rassurer la vieille femme que cette dernière n'avait pas à fouiller dans sa mémoire. L'équipe se chargeait de faire toute la recherche.

Plus tard, des livreurs paradèrent chez Maddie, leurs grosses chaussures noires sur la moquette couleur coquillage, le symbole d'un cambriolage inversé. Les hommes disposaient sur les étagères des bibelots miniatures et des ballerines de porcelaine et accrochaient aux murs des encadrements ovales dans lesquels souriaient tristement des hommes à moustache dont personne ne se souvenait. Un guéridon de vieux bois avait remplacé la table de verre et d'acier que Maddie s'était offerte au début des années quatre-vingt. Avant de s'éclipser, les livreurs abandonnèrent chez elle le lourd fauteuil de velours sombre.

Cette mascarade était tellement loufoque qu'elle en oubliait de protester. D'ailleurs, le producteur avait semblé si contrarié par cet intérieur qui trahissait avec tant d'impudence les mots du biographe qu'elle ferma les yeux sur cette scénographie. Après tout, elle était loin de désirer la ruine du documentaire. Peu lui importait que son image publique soit distordue. Elle avait depuis belle lurette dépassé le besoin de sauver les apparences.

Quelques semaines plus tard, le contractuel revint chez Maddie. Il parut plus à l'aise dans ce nouveau décor.

Je crois avoir saisi l'essence de votre personnalité. Tenez, lisez. C'est le message que Mme la ministre adressera à la nation lors de votre anniversaire. Tout cela vous ressemble tellement.

Dans son enthousiasme, il balaya la pièce d'un grand mouvement circulaire du bras et renversa au passage une petite bergère de faïence qui tomba sur le tapis sans se briser. Les excuses fusèrent.

Maddie s'enfouit dans la lecture du discours pour camoufler son fou rire. Incrédule, elle hochait la tête, alors que son regard osait à peine toucher les mots qui parlaient d'elle. Aux grandes lignes de sa vie, le contractuel avait accroché des fleurs de rhétorique fanées et des arabesques littéraires, des métaphores usées et des mots fatigués.

Elle savait trop bien que ce genre de panégyrique dont on encense les trépassés ainsi que l'altération de son appartement avaient été conçus pour correspondre à l'image que le grand public, supposait-elle, se faisait encore d'une vieille femme. Les organisateurs de la fête lui avaient collé une étiquette, celle d'une grand-mère s'accrochant à un passé révolu, mystifiée par une époque qu'elle ne comprenait pas, mais touchée par l'hommage qu'on lui rendait.

Demain, les spectateurs trouveront normal qu'une larme tremblote dans l'œil de Maddie. Au fil des mots : fille rangée, épouse fidèle, mère dévouée, sereine matriarche, des photos d'époque apparaîtront à l'écran, alternant en fondu enchaîné avec la femme fêtée. On cadrera de très près son visage pour croquer sur le vif la moindre de ses réactions et on attribuera à chaque ride une page de sa longue vie. Toutefois, les nombreuses heures de répétition, sans parler d'un montage soigné, auront tué toute spontanéité. Si elle pleure, ce ne sera certainement pas de joie sénile.

Elle s'extirpe du gros fauteuil et se masse le bas du dos tout en trottinant sur l'épais tapis pour aller observer son reflet dans la vitre. *Pourquoi, mémère, t'es-tu, à ton âge, encore laissé prendre au filet des conventions ?* Là où son visage se reflète, elle frappe la vitre du poing. *Si tu n'apprends pas à cent ans moins trente-cinq minutes, ne t'attends pas à apprendre dans l'éternité. C'est maintenant ou jamais, niochonne !* Elle se gronde en gesticulant et fait les cent pas de la fenêtre au mur blanc, du mur à la fenêtre, mais en évitant de se regarder, cette fois.

Demain, une fillette offrira un énorme bouquet de glaïeuls à Maddie. La ministre lui présentera une médaille d'or, témoignage de son exploit presque olympique. *Maddie a couru le marathon de la vie et a gagné!* Quelqu'un fera sauter un bouchon de champagne parmi les exclamations joyeuses d'une famille symbolique réunie chez Maddie pour recréer un jour de l'An du bon vieux temps.

Les toasts et les compliments voleront jusqu'à ses oreilles: On vous souhaite un autre cent ans. Vous ne les paraissez pas. Les photographes prendront son visage sous tous les angles, dans un bombardement de flashs qui allumeront mille bougies dansantes dans ses yeux jusqu'à la faire chavirer.

Vieille pin-up centenaire! sourit-elle en scrutant son image dans la vitre.

Pour compléter cette comédie, les membres de sa fausse famille se blottiront à ses pieds.

Les pieds de Grand-Mère, écrivait Marie-Claire Blais, se rappelle-t-elle en se rasseyant dans le gros fauteuil.

Chacun à son tour, on lui posera sa question mémorisée. On jouera à être fasciné par son passé. Grâce à cet espace virtuel qu'est Internet, la très vieille femme de l'heure, confortablement assise au centième dans son fauteuil dix-neuvième, présentera le spectacle de soi à la fois sur une barge et dans un désert, à Bangkok et à Baie-Saint-Paul.

Maddie pince les lèvres, les yeux rivés sur la flamme d'une des chandelles. Elle mâche un morceau de gingembre cristallisé. La forte épice parfume sa bouche et purifie son humeur chagrine. Encore trente minutes avant minuit. Elle se verse un verre de Drambuie qu'elle boit à petites gorgées. *An dram buidheach!* invite l'étiquette sur la bouteille. *Le breuvage qui satisfait et,* se dit-elle, *qui aplanit le dépit! Dinna fache yersel', l'Écossais dans la bouteille te dirait. Santé, ma vieille!* Maddie vide son verre.

Debout une fois de plus devant la fenêtre panoramique, son image suspendue aux nuages imbibés de couleurs mobiles, elle se persuade que la fête de demain n'aura aucun impact sur sa vie. Elle n'a jamais craint de jouer le jeu des apparences pourvu que son esprit reste libre. Autrefois, ses sœurs répétaient : Maddie dit oui, mais n'en fait qu'à sa tête. Son excentricité, somme toute bien bénigne, tel ce voyage en Chine — Seule ! Mais Maddie, tu n'y penses pas ! — entrepris à quatre-vingt-sept ans sonnés, a brièvement meublé le temps des gens de son entourage assoiffés de désirs, mais trop craintifs pour les assouvir.

Elle se souvient comme elle a réussi, il y a plus de vingt ans, à contourner le piège de la résidence pour personnes âgées. Certes, elle s'y était laissé conduire par ses fils, vieille femme dépouillée de tout choix, croyaient-ils. À peine deux mois était-elle installée dans ce jardin gériatrique qu'une alarme se déclencha en elle. C'était sa vie qu'on voulait arrêter. D'urgence, elle plia bagage et loua un appartement en ville, au centième étage d'une tour improbable. *Maddie dit oui, mais n'en fait qu'à sa tête.* Elle avait taquiné ses fils confondus en affirmant que ce gîte tombait à point nommé, car il présageait que leur mère passerait le cap de la centaine. Son quatuor de célibataires avait protesté en bloc.

Mais, maman, tu n'y penses pas. S'il y avait un feu... Une fuite de gaz... Si un avion volait trop bas... Tu ne t'en sortirais pas.

À partir de quatre-vingts ans, mes gars, chaque minute est un boni.

Ses fils s'inclinèrent devant la logique de leur mère.

Maddie se souvient de l'urgence de partir. Ce jour-là, elle s'éloignait calmement de cette maison de retraite, mais son cœur et son esprit couraient comme fugitifs pris en chasse. Oh, comme elle refusait de se préparer pour *le grand voyage,* tel qu'on leur avait appris à le faire. Pourquoi boucler sa valise avant même d'avoir acheté son billet ?

Encore quinze minutes avant minuit. L'impatience de Maddie lui grimpe le long du dos. Elle croque une dragée rose et se verse un autre Drambuie. Elle se félicite de ne pas s'être résignée dans sa vieillesse. *Oui, la vieillesse, c'est un phénomène.* Telle la douleur, c'est dans le vivre que la vieillesse prend tout son sens. Certains jours pourtant, lorsqu'elle est trop fatiguée, Maddie se laisse aller à son rôle de vieille femme.

Ainsi, elle babille avec son auxiliaire aux cheveux couleur de terre cuite. Cette dernière s'attend à un tel épanchement de souvenirs. Si Maddie mêle les dates et les faits, si elle oublie un nom, qu'elle ne s'inquiète pas : C'est naturel de se tromper quand on est vieux.

Cependant, comme son scénario se métamorphose avec les êtres qui regardent au-delà des apparences ! Chaque mardi matin, Maddie accueille un petit groupe d'étudiantes qu'elle a rencontrées à son club du livre. Ces jeunes femmes se sont prises d'une amitié sincère pour elle et admirent ses idées claires. Elles la disent pleine de sagesse.

Dans mon temps, il fallait se marier. L'homme achetait la maison. La femme n'avait pas le droit d'être propriétaire. Mais elle avait le droit de nettoyer.

Ses jeunes amies sont charmées de voyager à travers des décennies qu'elles ne connaissent que par les livres et les documents électroniques, leurs professeurs et Internet. Maddie les emmène dans un vécu historique.

Je suis de la race de celles qui s'excusaient d'être là.

Aujourd'hui, elle n'a plus à avaler ses mots, à tourner sa langue dans sa bouche, elle n'a plus à renier la moindre pensée, à refouler la moindre question. Le mardi matin, Maddie parle de l'avenir, un avenir incertain et inquiétant, mais un à-venir dans lequel elle s'inclut d'emblée. Le mardi matin, elle parle d'un passé qu'on qualifie de bon vieux temps et qui ne le mérite pas. Le mardi matin, elle parle du présent, car ce n'est que dans ce présent-ci qu'elle peut exercer tous les circuits de son cerveau actif. *Carpe diem, la vieille !*

Lorsque son mal de dos et l'arthrite de ses doigts la réveillent à trois heures de la nuit, Maddie va secrètement nager quelques longueurs dans la piscine à l'eau sombre et à l'écho chuintant. *Naïade peau plissée! Nénuphar fané!*

Le jour, elle s'entoure de livres et de cassettes vidéo. Lorsque ses yeux ne larmoient pas trop de fatigue, elle s'installe à son ordi et, comme tous ces jeunes en leur nouvelle planète, elle navigue sur le Web. Toujours, elle apprend, toujours, elle s'efforce de comprendre ce monde dont elle fait partie. Cette quête n'est pas un passe-temps, mais un rattrape-temps. Un rédime-temps. *Chaque minute, un boni.* Ce travail d'autodidacte converge vers un projet sérieux qui, chaque matin, malgré les maux du réveil, malgré l'estomac brouillé, lui donne l'élan et l'énergie nécessaires pour vivre une autre journée. *Carpe diem, ma fille!*

Encore trois minutes. Maddie place la bouteille de champagne dans le seau à glace et mange une datte farcie à la pâte d'amandes. Trois minutes d'attente avant de faire sauter le bouchon. Trois minutes avant de savourer sa victoire, heureuse de vivre.

Elle a été de tous les enterrements. Elle a jeté des poignées de terre sur le corps de son père et sur celui de sa mère. Elle a pleuré ses sœurs et leurs conjoints. Elle a pleuré les oncles et les tantes. Son mari, elle ne l'a pas pleuré, révoltée qu'il ait gaspillé sa vie sans la partager avec elle. Elle a lancé des roses écarlates sur le chêne qui cacherait dorénavant la pourriture que deviendraient ses fils. Les cousines, les nièces, les si chères amies de toujours, elle les a toutes vues mourir. Mais elle, elle s'est agrippée.

Elle va à la fenêtre. Oui, elle accueille ce siècle nouveau dans lequel elle entre de plain-pied. Malgré les guerres, les attentats, les terreurs constamment réinventés et, pourtant, toujours les mêmes. Demain, c'est encore hier. Mais demain. Oui, demain, cent ans de vie compressés dans une heure de télévision qui ne durera que quarante-deux minutes. Cent ans montrés en quelques tranches de vie coupées de publicité comme on coupe son vin d'eau.

Maddie, le nouveau visage pour Crème Anti-Rides et Eau d'Éternité. Maddie, la porte-étendard pour Tonics Tonifiants et Aphrodisiaques Jouissants. Lingerie Fine et Gadgets de Cuisine. Autos & Condos pour vieux ados. Le calendrier 2000, Les Grands-Mères du Nouveau Millénaire. Miss Janvier dans toute sa splendeur printanière !

Nichons tombants sur satin blanc.

Dans la rue, la foule massée hurle le compte à rebours. À la fin de la cérémonie, on posera la grande question tant attendue : Quel est le secret de votre longévité ?

Minuit. Maddie veut faire sauter le bouchon. Ses doigts affaiblis par l'arthrite la mettent en retard de cinq minutes. Le bouchon saute enfin ; elle s'esclaffe.

Elle boit son champagne alternativement d'une flûte à l'autre pour trinquer avec la femme d'hier et avec la femme d'aujourd'hui. Elle salue la ténacité de celle-là et lève son verre au succès des projets de celle-ci. Quant à imaginer les merveilles et les désastres que le siècle nouveau cache dans ses décennies à venir, elle n'essaie même pas.

Elle s'observe de pied en cap, ce reflet d'elle sur fond de nuages éclaboussés par les lumières de la fête qui se déroule tout en bas, la place noire de monde pour narguer les rabat-joie tant annoncés. Demain, on montera chez elle pour célébrer son grand âge. Mais cette nuit lui appartient et elle est heureuse de la fêter seule, sans avoir à porter son masque de vieille femme. Elle vide une autre flûte de champagne, mâche une poignée de noix d'acajou salées. Ses yeux pétillent comme feux de Bengale.

Un jour pourtant, il faudra disparaître dans l'ultime retraite. Entrer dans le néant éternel, immensité à couper le souffle. D'ici là, il y a encore tant à découvrir. Que de connaissances elle a acquises depuis vingt, trente ans ! Quelle amertume lorsqu'elle songe aux décennies précédentes ! Si elle était morte à quatre-vingts ans ou moins, sa vie mentale n'aurait jamais existé. *Carpe diem. Après la onzième heure, ma petite fille, you are living on borrowed time.* Cependant, demain à la fête, personne ne s'intéressera aux études d'une femme de cent ans.

Maddie remplit les flûtes et sirote son champagne en souvenir du monsieur de soixante-seize ans qui, l'an dernier, était venu lui offrir ses meilleurs vœux, incluant le paradis à la fin de ses jours. Il avait le dos tellement courbé que, lorsqu'elle ouvrit la porte, elle lui demanda s'il avait perdu quelque chose.

J'ai vécu trop longtemps, madame. Le corps replie de lui-même vers l'œuf primaire, répondit-il, sans pouvoir la regarder en face.

J'veux pas! Dans la maison de retraite, le hurlement de la dame terrassée par un infarctus catastrophique. Ce cri de défi encore clair comme hier, Maddie ne l'oubliera jamais. Cette femme qui n'avait pas bouclé sa valise, cette femme qui vivait sa fin si subitement et si brutalement dans toute sa lumière. J'veux pas! J'veux pas! Cette nuit de ses cent ans, ce cri résonne encore à son oreille. L'an dernier, elle invita son voisin à entrer et lui offrit un verre.

Pourquoi n'allez-vous pas consulter la gérontologue au centre médical? Peut-être qu'elle pourrait vous aider.

À mon âge? Pour quoi faire? J'ai épuisé ma part de plaisir voilà bien des années, madame. Je n'ai plus rien à attendre de la vie.

Plus tard dans la soirée, Maddie eut l'idée de lui offrir un miroir pour qu'il puisse voir de nouveau la partie supérieure des êtres et des choses, pour qu'il puisse voir le bleu du ciel. Il était tout de même gentil, ce monsieur en complet de velours noir. Même s'il semblait croire que chacun naît avec un nombre déterminé de molécules de bonheur que l'on choisit de brûler tout d'un coup ou de savourer à petites doses et bien qu'il n'eût plus rien à attendre de la vie, le champagne l'avait encouragé à lui faire un brin de cour. *La vie sexuelle des centenaires!* Maddie pouffe de rire et les bulles de champagne lui montent au nez. L'inviter à passer la nuit, lui servir le petit-déjeuner au lit, lui, ses cheveux de neige ébouriffés sur l'oreiller, les invités payés, les yeux écarquillés, lui, un sourire à n'en pas revenir, Maddie qui aurait réussi à presser une dernière molécule d'extase. *Vieux snoreau, va!* La vieille dame indigne avec son gigolo de soixante-dix-sept ans. Son boy toy du jour de l'An. Quelle étrenne! Peut-être est-il mort dans l'année. Voilà un an qu'elle ne l'a vu.

Elle déguste une truffe au chocolat blanc tout en contemplant les couleurs qui explosent en silence de l'autre côté de la fenêtre. Va-t-elle permettre à la nation tout entière de la percevoir comme une très vieille femme encore craquante de santé, mais dont la vie trop longue doit être terne, sans but, une pauvre vie à la dérive?

Toi, personne ne te débranchera avant ton temps. Qu'importe ce que dit le registre de sa paroisse de campagne. Son corps est encore solide malgré les mille et un bobos de sa vieille carcasse, son cerveau plein d'impulsions électriques. Sa vie a une valeur inestimable. Elle est unique, irremplaçable. Surtout, ne pas abdiquer comme le monsieur courbé. J'veux pas! hurlait la voix. Maddie tapote le chamois de ses joues. *Toi non plus, tu ne capituleras pas, vieille peau.*

Avec ses cent ans de mille péripéties, son témoignage des événements qui ont marqué le vingtième siècle, il y a suffisamment de matière pour faire d'elle un personnage à jamais ancré dans son histoire. Sa vie vaut davantage qu'une gerbe de glaïeuls, qu'une médaille *que tu devras astiquer tous les six mois,* qu'un discours truffé de mots surannés, la défiguration de toute une vie.

Maddie vide sa dernière flûte de champagne. Elle trinque à son avenir, car le présent, présentement, est un peu flou.

Tout à l'heure, affichera-t-elle en public sa première gueule de bois de centenaire? *Ah! Le satané secret de ma longévité, mesdames et messieurs. Patience, mes petits! Vous ne perdez rien pour attendre.*

Demain, après une lente baignade dans la piscine à l'écho chuintant, elle commencera à écrire le premier chapitre du premier tome de sa chronique du vingtième siècle. Rien ne presse, puisque le temps est de son côté.

Repères bibliographiques

Les textes suivants ont paru dans des revues au cours des années et ont, pour la plupart, été considérablement revus depuis. Ils sont présentés dans ce recueil sous une forme remaniée.

«Transit à YUL», *XYZ. La revue de la nouvelle*, n° 100, Montréal, hiver 2009, p. 73-79.

«Le prix du Nobel», *Les Écrits du Canada français*, n° 81, Montréal, 1994, p. 105-122.

«Splendide laideur», *Les Écrits*, n° 84, Montréal, 1995, p. 103-118.

«La conquête des sommets», *Les Écrits*, n° 89, Montréal, 1997, p. 61-75.

«Précipitation(s)», (paru sous le titre «La précipitation»), *Les Écrits*, n° 96, Montréal, 1999, p. 67-79.

«Une très vieille femme», *Châtelaine*, Montréal, octobre 1981, p. 121, 126, 128, 129.

Table

Achevé d'imprimer en octobre deux mille treize
sur les presses de

Gatineau (Québec), Canada.